são paulo / nº 3 / primavera 2019

RANJA LARANJA LARANJA LARANJA LARANJA LARANJA LARANJ
RIGINALORIGINALORIGINALORIGINALORIGINALORIGINALORIGIN
RANJA LARANJA LARANJA LARANJA LARANJA LARANJA LARANJ
RIGINALORIGINALORIGINALORIGINALORIGINALORIGINALORIGIN
RANJA LARANJA LARANJA LARANJA LARANJA LARANJA LARANJ
RIGINALORIGINALORIGINALORIGINALORIGINALORIGINALORIGIN
RANJA LARANJA LARANJA LARANJA LARANJA LARANJA LARANJ
RIGINALORIGINALORIGINALORIGINALORIGINALORIGINALORIGIN
RANJA LARANJA LARANJA LARANJA LARANJA LARANJA LARANJ
RIGINALORIGINALORIGINALORIGINALORIGINALORIGINALORIGIN
RANJA LARANJA LARANJA LARANJA LARANJA LARANJA LARANJ
RIGINALORIGINALORIGINALORIGINALORIGINALORIGINALORIGIN
RANJA LARANJA LARANJA LARANJA LARANJA LARANJA LARANJ
RIGINALORIGINALORIGINALORIGINALORIGINALORIGINALORIGIN
RANJA LARANJA LARANJA LARANJA LARANJA LARANJA LARANJ
RIGINALORIGINALORIGINALORIGINALORIGINALORIGINALORIGIN

Filipe Moreau (org.)

LARANJA ● ORIGINAL

Helena Simões

sumário

4 Apresentação

Contos

6 Cláudio Furtado
O livro

11 Gabriel Mayor
Quimera Riviera

13 Marcelo Soriano
Poente

14 Krishnamurti Góes dos Anjos
Dois velhos... ou quase velhos

20 Marta Nehring
O dia em que fotografei minha morte

26 Miriam Portela
Órfã de mar

32 Renata Py
O maestro

Poesia

36 Alice Yumi Sakai
37 Beatriz Di Giorgi
38 Beto Furquim
41 Celeste Antunes
43 Cristiane Rodrigues de Souza
45 Diana Junkes
48 Djami Sezostre
49 Germana Zanettini
50 Iris Gonçalves
51 Jayme Serva
53 Jo de Souza
54 Jorge da Cunha Lima
55 Miriam Portela
56 Patrícia Pinheiro
57 Samara Porto
60 Sergio Basbaum
61 Theo Bozon
64 Tieko Irii

Crônicas

68 Beatriz Di Giorgi
Legado / Sandra

70 Gabriela Brioschi
Pés

71 José Carlos Honório
As pessoas conjugam

72 Josie Conti
Anestésica perspectiva, periférica liberdade

73 Laís Barros Martins
Sobre ausências e outros vazios

74 Rudá Ventura
Por ora

Saulo Pessato
O inesquecível primeiro beijo que não dei

Ensaios

81 Bianka de Andrade Silva
Uma resenha do livro *Z a Zero*, de Wilmar Silva

85 Diana Junkes
Uma leitura de *Banhei minha mãe*, de Beto Furquim

97 João Meirelles Filho
Notas para uma biografia de Belém do Pará

105 Philadelpho Menezes
Uma abordagem tipológica da poesia visual

113 Sidnei Schneider
Ovídio Martins, "não vou para Pasárgada!"

Poesia visual

5-65 Ana Aly
66 Filipe Moreau

Artes visuais

2 Helena Simões
7 Marcelo Girard
14 Luiz Basile
24 Nina Guedes
27 Libero
28-31 Luiz Basile
34 Guto Lacaz
42-63 Tieko Irii
72-75 Libero
77 Beto Furquim
78 Ricardo Bezerra/Coletivo Carvão
80-83 Marcelo Girard
84 Alex Cerveny
94 Marco Prass
96-102 Helena Simões
123 Marcos Garuti

124 Colaboradores
126 Livros publicados pela editora

Imagem da capa: Tieko Irii

APRESENTAÇÃO

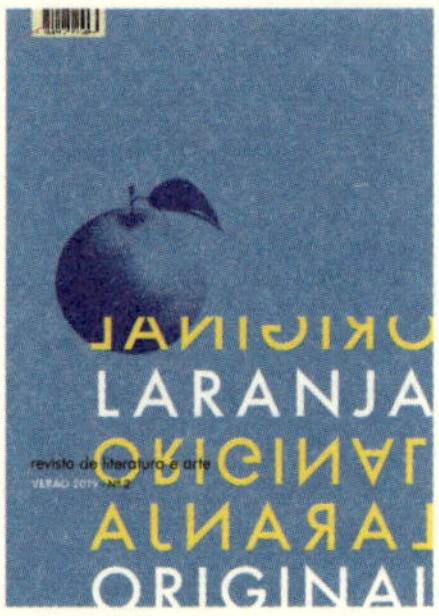

LO número 2

"Havia o fogo"*

Nosso interesse incondicional por literatura e arte, mais a periodicidade rarefeita (uma revista a cada nove meses) e também a bandeira da tolerância irrestrita justificam o fato de não trazermos aqui grandes polêmicas ou assuntos gerais que são debatidos nas redes e mídias de grande circulação, em especial quando se trata de religião ou política.

Reincidiu, porém, em 2019, e aparentemente em maiores proporções, o evento que toca a todos os "brasileiros" (e assim entre aspas porque o nome Brasil pode ter vindo justamente de "brasa"): os incêndios que se propagam pela floresta amazônica durante o inverno. Maior ou menor que em outras vezes (sim, há controvérsias), o fato é que até hoje nenhum governo se empenhou em realmente defender nossa maior floresta. Mas talvez o problema do atual esteja no próprio discurso: nunca houve tamanho descaso.

Por coincidência ou não, trazemos neste número uma brilhante matéria de João Meirelles Filho sobre a história de Belém do Pará, em que a protagonista, claro, é a floresta. Também em números anteriores, pelos ensaios de Krishnamurti Góes dos Anjos, fizemos referência à escravidão negra em nossa história documentada, sendo este também um dos maiores temas a definir nossa "brasilidade".

Tanto a exploração predatória da natureza como as formas de dominação social sobre os diversos povos que nos compõem são elementos de uma identidade que pode ser ainda modificada, mas isso levará tempo. Por séculos a fio, o legado de um passado sombrio ainda se fará presente na literatura e arte que se produzir por essas terras.

Nesse sentido, embora tenhamos preferência por ensaios de literatura e arte propriamente ditos (como neste número os de Philadelpho Menezes e Sidnei Schneider, e, em anteriores, os de Jayme Serva, Fabio Malavoglia, Diana Junkes e outros), aqueles que trazem reflexões sobre nossa história social, filosófica, científica e das diversas formas de expressão cultural continuarão a ser bem-vindos.

Tudo isso se relaciona a uma das novidades que estamos preparando para 2020: juntos às cinco coleções que já estão em andamento – três de poesia e duas de prosa literária – passaremos a ter também uma coleção de ensaios, que acolherá obras acadêmicas e outros estudos, desde que tragam textos concisos e de leitura relativamente fácil – não sejam só para especialistas. Há algum tempo não fazemos mais livros coloridos, e a nova coleção também só aceitará imagens em preto e branco.

Outra novidade, agora em relação à revista, é a de termos aberto este número, experimentalmente, à contribuição de escritores e artistas convidados. Apresentamos, junto aos trabalhos de nossos autores e colaboradores de arte e crítica, uma amostra da produção de dois jovens poetas, Theo Bozon e Celeste Antunes, das artes plásticas de Nina Guedes e Helena Simões e também da crítica de Bianka Silva. E no fim, mais uma vez, a revista saiu consistente e bonita. Boa leitura a todos.

Os editores

* Do poema de Jo de Souza publicado nesta edição

Ana Aly

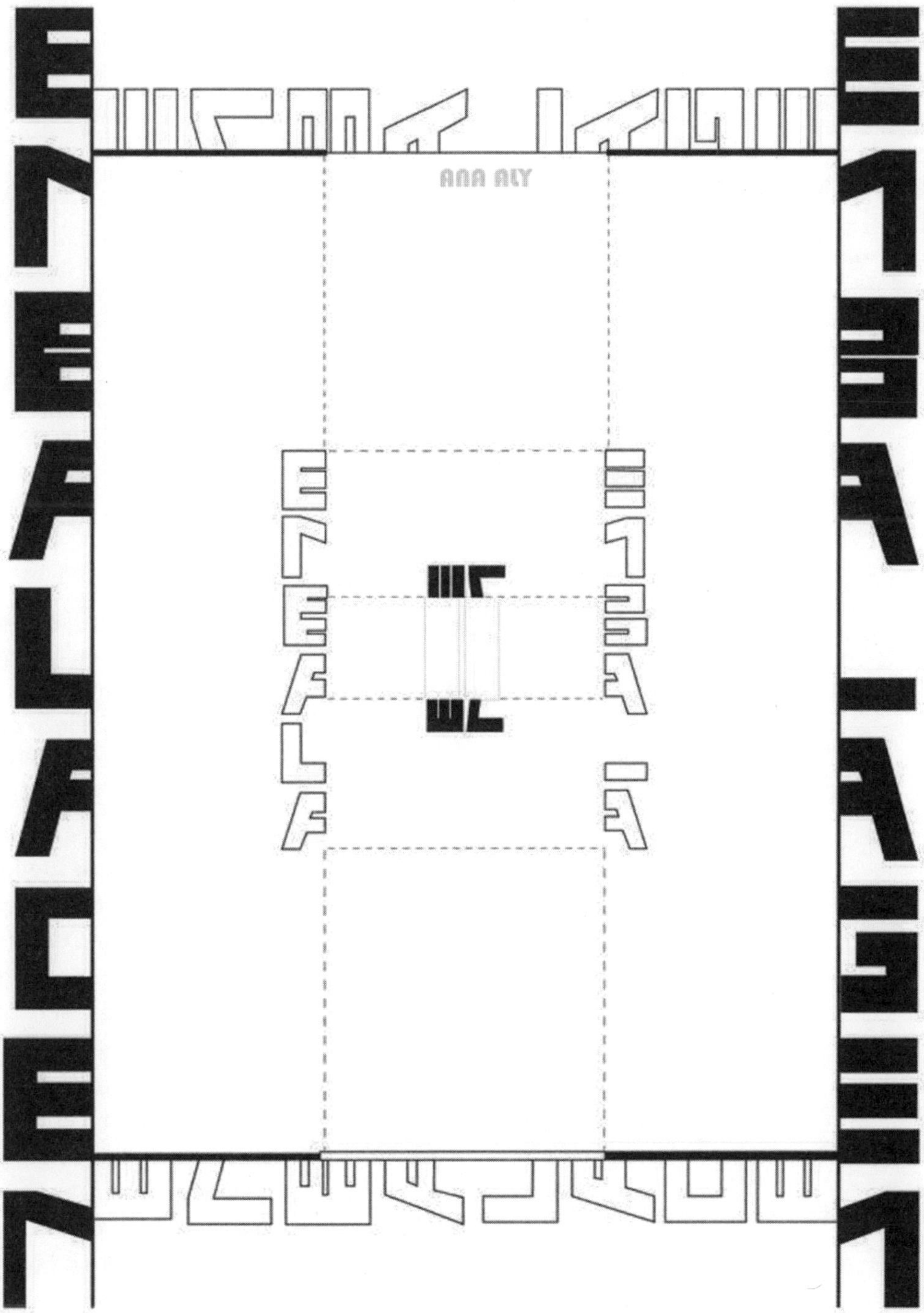

Contos

O livro

Cláudio Furtado

Em que momento o livro entrou na minha vida? Impossível dizer; um dia o livro se apossou de mim mais ou menos na época em que me apossei dele. As linhas fumacentas inebriaram os perímetros e agora só sabemos diferenciar quando à distância se vê o núcleo de cada um. Nesse momento não sei se escrevo ou reproduzo alguma coisa que li. Afinal, cada palavra, cada construção mental, cada sintaxe aprendi em algum lugar e na maioria das vezes num livro. Um livro não tem dono; são ideias que circulam pelo ar e alguém a captou e transformou em letras, números, imagens e devolveu para o mundo sob a forma de ...(?) O que seria? Arte? Literatura? Conceitos? Isso é para quem entende de livros, o que visivelmente não é o meu caso. Não entendo por que é preciso um mínimo de distanciamento para que as palavras encontrem o vazio e se transformem em nada. Eu e o livro, um é preenchido pelo outro, mas de forma alguma o que está escrito acima justifica ou perdoa aqueles que me pediram um livro, um DVD ou um CD emprestado e se esqueceram de devolver. Esse costume não existia na época em que Dante descreveu as covas do inferno e colocou as mais sórdidas figuras nelas. Se Gutemberg o houvesse precedido seria preciso pedir ao Botticelli para criar uma cova ainda mais profunda e assim abrigar os que não devolvem livros. Não devolver um livro é como solapar uma parte de alguém e não permitir que seja reposta. Não existe similar àquele livro cujas folhas foram acariciadas pelas mãos, pelos olhos e pelos sonhos. Você pode ser do tipo que risca e faz anotações ou dos que nem quebram a pala para que permaneça sempre novo; não importa, uma gota de café, um dedo gorduroso, uma folha vinda do vento irá macular aquele espécime único e insubstituível. Um livro é como foi o sapato azul do Elvis Presley.

Encontrar parceiros na primeira parte da juventude para trocar experiências livrescas não é tarefa fácil. Não importa o meio em que você viva, a classe social ou cultural. O que se exige nesse período é a eficácia corporal, física e frequentemente plástica. Entretanto a beleza nessa fase da vida é dada mais por convenções exóticas do que calcadas num cuidadoso exame artístico ou plástico. Então o amante dos livros será um solitário por opção ou contingência. As mais belas meninas não lhe olharão como companheiro de diversão, apenas como potencialmente passível de uma relação mais firme quando crescidas. Os colegas abominarão sua capacidade de articular pensamentos que ressaltem a estupidez deles. Mal sabem o valor moral e cultural da estupidez; certamente não leram nem nunca lerão Robert Musil. Quando a primeira parte da juventude se vai, o encontro fica mais fácil e parece que seu verdadeiro

Marcelo Girard

mundo se abriu para você. Alguém que leu *A metamorfose* do Kafka é um herói; a menina que leu Jane Austen, uma musa; o amigo que sabe a diferença entre os Strauss será seu companheiro eterno, até que vemos que esses predicados não são suficientes para transformar o caráter dos leitores. O livro só ensina algo para alguém que já viveu a situação tratada. É como uma transferência dos códigos intuitivos para outro que é transmissível e decodificado por alguns. Esperar do livro a chave para alguma coisa, esquece... No máximo você consegue o segredo do cofre, mas nunca vai saber para que lado deve-se girar o botão. Os que conhecem o mecanismo dos cofres dão um valor enorme ao segredo, mas para os ignorantes, de nenhuma serventia será aquela sequência de números. Caso queira tirar dali a fórmula do conhecimento, tente outra vida, essa foi em vão.

Quando entrei no cursinho encontrei esses amigos para a vida inteira: amigos homens e mulheres, literatura, arte, música, poesia e arquitetura. Praticamente mantive essas amizades até hoje e imagino que não me desfaço delas pelo tempo que me resta. A porta de entrada para o universo é fundamental para o percurso. Não que a trilha inicial seja imutável ou guarnecida por defensas intransponíveis; pelo contrário, a vida é longa e o mundo gira. Mas saber manejar as surpresas, encontrar as referências certas, isso é insubstituível. Meu professor de cursinho Antônio Benetazzo teve esse papel de lanterna mágica; mostrou-nos os caminhos e, se estivesse vivo, teria singrado muitos atalhos para todos nós. Foi ele que abriu o caminho da literatura, dos grandes romances e das artes e, apesar da ancoragem marxista de sua leitura, foi o espelhamento de sua experiência que nos permitiu encontrar nosso próprio percurso. Na época lia-se muito Georg Luckács, que adorava Thomas Mann. O intelectual húngaro não frequenta mais os bancos escolares. Já o escritor alemão não saiu das prateleiras, das salas de cinema e das apostilas de teoria literária. Quando entrei na faculdade fui a procura de outros Benetazzos e não encontrei. O mais perto que cheguei girava em torno de Theodor Adorno, Marx e outros autores difíceis, chatos e baixo astral. Lê-los era um sacrifício. Tinha um tal de Althusser que se tornou um ótimo sonífero. O colega deste, um tal de Poulantzas, era ainda pior; atribuía o mal estar à minha ignorância, e fui frequentar as aulas de filosofia. Lá encontramos gente ainda mais estranha que os que conhecera na minha faculdade, mas algumas poucos valeram a visita, entre elas a filósofa O que nos apresentou outros livros tão interessantes quanto, mas de leitura mais agradável, como o Walter Benjamin.

Seus textos eram curtos e bem escritos. Se não entendíamos tudo, ao menos degustávamos o prazer da leitura. Adorno, Althusser e Poulantzas nunca mais. Havia nesse autor a possibilidade para nosso pensamento tomar rumos próprios e a doçura da vida permear as áridas páginas dos compêndios. Foi lendo Benjamin que me interessei por Proust, que me parecia então um burguesinho falando de suas aventuras homossexuais. Foi aquele que primeiro me falou de Musil, e um me levou a outro até que nem lia mais Benjamin, nem ninguém da escola de Frankfurt, para gastar meu tempo com Quixote, Beatriz e Ms. Dalloway. Nas andanças pelas letras de outras terras encontrei uma figura bizarra, um escritor polonês que viveu a passagem do século XX e escreveu textos incomuns. Paul Scheerbart escreveu alguns romances que foram traduzidos para o inglês apenas no final do mesmo século e nunca para o português. O que me levou a ele não foram nem os escritos teóricos nem literários, mas uma epígrafe na torre que o arquiteto Bruno Taut projetou para uma exposição em 1914 da Werkbund. Isso parece complicado: o escritor era incomum, mas de fácil leitura. O romance *The Gray Cloth* conta a história de um arquiteto que se casa com uma cantora, Clara, e exige que ela só se vista com roupa cinza de 10% de branco. Eles viajam pelo mundo projetando aeroportos de navios fantasmas, trens voadores e torres de alturas descomunais. Encomendei os livros que encontrei e me deliciei com o pensamento desses revolucionários ingênuos que forjaram o pensamento moderno desdobrado na Bauhaus, em Le Corbusier e tantos outros movimentos. Benjamin cita com entusiasmo esse escritor e, no livro *A rua de mão única*, descrevendo o observatório, parece aludir ao livro de Scheerbart *Lesabêndio, um romance-asteroide*. É sempre fascinante quando caminhos díspares se cruzam num autor como esse que tanto lhe dá o prazer das palavras quanto os da mente e do coração. A excitação me levou a dividir a descoberta com colegas e amigos. O, que me ensinou sobre Walter Benjamin, deveria ser a primeira a saber. Afinal, Benjamin era mais amigo dela que meu, e na hierarquia das amizades não se pode atravessar prioridades. Nas conversas informais, em suas aulas e livros, os mistérios de Benjamin me foram desvelados. Seu amor pelo autor não me foi transferido, mas restou a admiração e a forma carinhosa com que trata os outros autores, os livros famosos como *Berlin Alexanderplatz* de Döblin e tantos mais, mas ao lhe dizer que ela era dona de Benjamin, provoquei revolta e duras críticas. Afinal, ninguém é dono de um autor. Quando você o lê aquilo que está escrito passa a lhe pertencer, e eu era tão dono dele quanto ela.

Paul Scheerbart (fotografia de Wilhelm Fechner, 1897)

Emprestei-lhe os livros de Paul Scheerbart e trocamos deliciosas impressões. Dificilmente voltaria a ler tais livros. Usei-os em trabalhos acadêmicos e suas histórias ficaram bem guardadas na mente. A tradução não trouxe nenhum requinte estilístico que valesse a pena recorrer, mas um livro que lhe dá tanta emoção, tal alegria e entusiasmo não pode ficar jogado ao léu num banco de jardim ou numa estante empoeirada. A brilhante professora fez uma residência na França por seis meses e as vésperas da viagem foram tomadas por providências urgentes que impossibilitaram o contato. A volta foi retardada com extensões das pesquisas ou turismo e nosso encontro só se deu mais de um ano depois. Ela alegou que sua casa estava ainda muito bagunçada e não encontrou o tal livro. Quem ama os livros tem noção do que aquele pequeno volume de papel emoldurado por uma cartolina mais forte e às vezes com uma bela solução de artes gráficas desenhada são para os leitores. A crença em sua história foi bem mais que um relutante conformismo. Compreendi e aguardei mais alguns meses até que novo encontro foi marcado. Novamente o livro não foi encontrado. Agora já não havia mais expectativas, havia esquecido o assunto, de Bruno Taut fui para a Wiener Werkstaette e os incríveis arquitetos vienenses do início do século XX, afastando-me um pouco de Berlim e Frankfurt. Assim como os livros fizeram a conexão entre Benjamin e os expressionistas alemães, eles me levaram a relacionar os arquitetos vienenses com Wittgenstein. Mas este último filósofo não é tão querido aqui nos trópicos como o germânico e não tive a sorte de encontrar outra O, de modo que não repousei muito tempo nesse dificílimo pensador e voltei para áreas menos exigentes. Agora descolado dos pensadores, percorri paragens solipsistas ou até mesmo epicuristas guiado por viagens ao velho continente, me encontrei em Auteuil-Neuilly-Passy ou Combray e me deparei novamente com o pensador alemão. Voltou agora por outra estrada e me lembrei de Scheerbart. Realmente apenas uma lembrança, pois em nada se assemelham os dois escritores. A longa jornada pelo tempo perdido, em sete volumes, repousa orgulhosa na cabeceira de minhas estantes ao lado do único volume que me restou das obras completas de Benjamin. Uma raquítica estante, sem esforço, alinha títulos nem sempre harmônicos. Algumas prateleiras acima e abaixo guardam lindos volumes sobre arquitetura, artes, renascimento e os inefáveis livros de amigos que somos obrigados a comprar e a guardar para uma eventual visita. Certamente não saberia onde colocar esse autor; ficaria na dúvida se ao lado de Mann, Musil, Döblin ou Broch ou se solitário ao lado do filósofo ou na prateleira onde se alinha o Novembergroupe e os demais expressionistas. Certamente Scheerbart não ficaria à vontade em nenhuma de minhas prateleiras, ou retraído ao lodo dos arquitetos ou deslocado ao lado dos filósofos ou inferiorizado ao lado dos literatos. Para evitar esse constrangimento possivelmente o livro se esconde quando O vai pegá-lo para me devolver e se retrai num pequeno movimento de contração da pala tornando-se invisível entre autores tão notáveis. Que Scheerbart, Clara e Klaus descansem em paz respirando os ares de O.

Desenho de Paul Scheerbart para *Lesabêndio, um romance-asteroide*

Gabriel Mayor

Quimera Riviera

Sentei e pedi um Negroni.

Talvez por ter me sentido um pouco sem jeito de estar ali, comecei a procurar alguma distração para os olhos. Foi quando percebi uma prateleira com vários livros. Entendi que estavam à disposição dos fregueses. Cheguei mais perto e dei uma olhada. Romances, autoajuda, ficção, fotografia, um ou outro livro de mesa, gastronomia, alguns clássicos, até que encontrei um Fernando Pessoa.

Puxei o exemplar e voltei para meu posto no balcão. Era um livro de contos. Coisas corriqueiras, ele num bar, comentando da vida alheia, parecia uma crônica. Enquanto imaginava o Fernando Pessoa também sentado num bar, olhando para as pessoas em volta, um século atrás, peguei meu copo, dei uma leve mexida no gelo, levei à boca e deixei a bebida descer em goles pequenos.

Senta do meu lado uma moça bonita e tira da bolsa um livro, também. Estava na cara que ela, entediada no apartamento, resolveu vir pra rua ver gente, tomar alguma coisa, dar uma sacudida na poeira, ver o que encontrava numa noite abafada de São Paulo. Tinha marcado de encontrar os amigos, mas estava completamente imersa na leitura e, como não gostava de ficar sozinha em casa, resolveu trazer o livro. Uruguaia, veio fazer faculdade de Psicologia, contrariando a expectativa da família. Morava num dos apartamentos do padrasto, na Consolação. Sala com pé direito alto, três vasos grandes com plantas, um lustre pendendo sobre uma mesinha de centro com revistas empilhadas, cinzeiro, um dichavador de madeira e um isqueiro BIC amarelo; na geladeira, um frasco de leite, algumas verduras, legumes, uma maçã, restos do almoço num tupperware, ovos, um suco de laranja de caixinha; na parede, um pôster com aquela foto famosa do Robert Doisneau; uma vitrola numa mesinha de canto, tocando um disco do Armstrong, a agulha, quem sabe, passando sobre a faixa Mack The Knife.

Pensando bem, não. Ela acabava de chegar à cidade, depois de 22 horas dentro de um ônibus, vindo de Goiânia. A melhor amiga agora vivia em São Paulo com a avó. Desde então a solidão batia forte, de um jeito muito estranho. Foi necessária a distância para que a mulher sentada ao meu lado percebesse que o sentimento pela amiga havia mudado. Movida pelo desejo, deixou tudo para trás, encheu uma mochila só com o essencial, pregou um bilhete na geladeira e ganhou a rua, batendo nas costas a porta de casa. Chegando em São Paulo, largou a mochila no hostel e marcou com a amiga no bar, onde revelaria suas intenções mais íntimas. Sabendo que o forte dela não era a pontualidade, levou um livro para não ficar ansiosa demais.

Não, não. Como não percebi antes? A cruzada de pernas, a forma como trocou o livro de mão e se reacomodou na banqueta não deixava dúvidas. Notei como pousava a mão sobre o livro, os óculos escorregando até a ponta do nariz, o jeito como o indicador e o polegar seguravam demoradamente o papel até virar a página seguinte. Na verdade estava se passando por alguém que não era, fazendo gênero, na cara dura. Com certeza tinha chegado a fazer anotações a lápis em algumas páginas, como se fosse capaz de ler aquele Dostoiévski no original. Ela aprendera 10 ou 12 palavras em russo, na época em que trocava mensagens com um aluno de uma universidade de Moscou, para uma pesquisa do trabalho. Agora fazia-se de poliglota para impressionar uma pessoa que surgiu em sua vida...

Entra um senhor grisalho, magro, de rosto vincado, se senta bem no lugar vazio entre nós dois, chama o garçom e pede o menu. Dou o último gole no meu drink, me levanto e digo a ele:

– Pede um Negroni, amigo, vai na minha.

Dou um tapinha de leve em seu ombro e volto para a rua.

Marcelo Soriano

Sei pelo quanto a espio – de pequeno, pelo basculante da área de serviço, sobre o tanque, espichado entre as roupas úmidas, os olhos mal passando o vidro; crescido, ao despertar, descia correndo as escadas para que me visse sair à rua; nunca estava lá, era a sombra do muro diante dela que se espraiava em minha calçada; não desço mais. Ponho o fogo na chaleira, tomo o café na sala. Passei a adorá-la pela janela escancarada – mais luz para trabalhar, me convenci, e encostei a mesa no parapeito; era mentira –, pouco trabalho, mais a espio: a se torcer em um tronco retorcido, a percorrer o gramado abatendo despudoradamente as pétalas secas da magnólia que transborda por sobre o mesmo muro de então; dedica diferença aos cantos conforme nova estação avança; dança a composição do vento nas nuvens. Por entre as ramas da árvore, percebo como se move, mas, por insegurança, evito seus olhos – prefiro vê-los baixos ao tingirem a grama de laranja no final da tarde, ou acompanhar seu brilho, se um carro passa, seguindo-o, estirando um fio. Apenas a espio até saber que não virá mais, porque é noite; e de noite, a luz nas frestas das venezianas não é sua, os vultos por trás das cortinas não é ela quem faz. Então, também me ponho; pois sem ela o que vejo é turvo – e do turvo, o que tenho me basta.

Poente

Krishnamurti Góes dos Anjos

Dois velhos...

...ou quase velhos

Luis Basile

Vai fazer o que agora à noite? Tem algum texto para concluir?

– Olá, tudo bem? Não, hoje não...

– Então, já que não tens, vamos lá para o Lanterna?

– Sabe que eu até gostaria? Mas é que hoje estou meio sem grana...e...

– Nada, grana não é problema, eu sei que você está quebrado, que as editoras não têm mandado trabalho e essa coisa toda... mas eu pago. É por minha conta. Não esquenta com isso não, tudo por minha conta. Vamos?

– E estou com um pouco de dor de cabeça também...

– Sim, mas isso também não é problema nem razão para ficar aí sozinho numa noite dessas. Fazer o quê? Tomar remédios? Vamos beber aquela cerva gelada. Garanto que passa a dor de cabeça...

– Você é uma comédia. O sujeito está com dor de cabeça e vai beber? Tá maluco, é? Está nesse fogo todo porque recebeu promoção no trabalho, foi?

– Qual? Aquilo lá continua a mesma merda, sem chance, é ali, ó, no guante, todo mundo na coleirinha, eu não aguento mais, aliás, eu não tô aguentando também uma porrada de coisas... você sabe o que me aconteceu essa semana, logo na segunda-feira?

– Hum...

– Ah, uma tristeza inominável, como você gosta de escrever, mas de fato foi isso mesmo. Bem, na segunda, quando eu voltava para casa, tinha saído mais cedo porque morreu um sacana velho lá da diretoria, e aí liberaram todo mundo para ir ao enterro. Eu, como não suporto essa onda de enterro, me piquei para casa, lógico. Bom, mas aí tomei o metrô, que estava incrivelmente vazio naquele horário. O trem parou na estação do Acesso Norte, as portas se abriram, mas ninguém desceu... e você sabe o que aconteceu?

– Estou esperando para saber...

– Rapaz, me entrou no vagão uma morena, aquilo não era mulher não, era um avião inteiro. Uns vinte e cinco, trinta anos com certeza...

– Olha que pedofilia dá cadeia, viu?

– Pedofilia um caralho! Que pedofilia que nada, aquela mulher com um rabo daqueles? Mas um rabo, que só você vendo. Um negócio de enlouquecer...

– Sei, e daí?

– Daí que ela veio andando com aqueles sapatinhos altos, veio andando na minha direção, na direção do banco em que eu estava sentado, porque o assento ao lado estava vazio, e sentou-se bem ali ao meu lado com aquele perfume delicioso, tão doce, tão gostoso. E a bandida tinha uma carinha linda, uma boca, um nariz, uns olhos e aquele cabelo sedoso... tudo bem ali ao alcance da minha mão... Então, um minuto depois que o metrô começou a se movimentar, ela olhou para mim, sorriu e perguntou: Quanto tempo leva até a estação do aeroporto? Eu fiquei todo animado pensando que era a oportunidade de puxar assunto e tal, mas não sei, não sei que diabo deu em mim. Meu coração começou a bater forte, e eu comecei a tremer. Na hora não me ocorreu absolutamente nada que pudesse falar – acho que ela notou o meu nervosismo –, só consegui responder laconicamente, quase gaguejando: uns trinta minutos. E fiquei ali com as mãos suando frio.

Pedindo a Deus que aquele trem quebrasse no meio do caminho, empacasse nos trilhos e nós ficássemos presos ali por um tempão. Ia imaginando mil e uma coisinhas deliciosas com aquela criatura, até o momento em que ela recebeu uma mensagem no celular, um zap. Rapaz, você precisava ver a velocidade com que ela digitava as respostas apenas com os dois polegares. Teve um momento que o alguém do outro lado da linha, que estava trocando mensagens com ela, deve ter ficado aborrecido, sei lá, e resolveu chamar no telefone. Ela atendeu e disse bem baixinho: "Oi, amor, eu não já acabei de lhe responder que em trinta minutos estarei aí?" – e quando ela falou "trinta minutos" olhou para mim como que buscando uma confirmação quanto ao tempo, e eu sorri e balancei a cabeça afirmativamente. Ela ainda disse: "Não esqueça que ainda vou ter que pegar um táxi depois. Quando você chegar relaxe e me aguarde". Então ela desligou o celular, me olhou e ia esboçando um risinho muito bonitinho quando se aproximou mais do meu rosto, apurou o olhar, e nesse ponto eu quase estouro de emoção, mas aí, sabe o que ela disse? Sabe? Assim na tampa da minha cara?

– Fala logo, porra.

Rapaz, quando ela me chamou de tio, o mundo caiu na minha cabeça

– Meu amigo, meu irmão, ela disse: "Ihhh, tio, tem uma sujeirinha aí na sua boca". Rapaz, quando ela me chamou de tio, o mundo caiu na minha cabeça. Que porra é essa? Será que eu estou tão velho assim? Que porra é essa? Olhe, se ela tivesse me chamado de doido, de maluco, até de veado ou qualquer coisa, não ia doer tanto assim. Minhas vistas chegaram a escurecer. A sorte é que a voz do alto-falante do vagão já anunciava a chegada à estação do Imbuí. Cara, eu não sei. Que sensação horrível. Eu limpei a boca, agradeci, me levantei e desembarquei trôpego ali mesmo que nem era a minha estação. E eu fiquei ali em pé, sozinho com aquele chumbo no meu coração. Parecia que eu ia perder a razão, não conseguia pensar em nada. Deu-me na cabeça até de atirar-me ali mesmo nos trilhos do metrô... eu que nunca cogitei disso na minha vida, mas você sabe, aquele choque me deu uma gana suicida na hora. Juro que deu... Alô?

– Oi, estou ouvindo...

– Pois, foi uma tristeza imensa, meu amigo...

– Eu sei como são essas coisas, e como sei... Você acha que eu não passo por coisas semelhantes?

– Cara, como é que pode? E o pior é que desde segunda-feira que venho pensando nisso. Mas o difícil é de noite... de dia esqueço um pouco, mas à noite, quando me deito, fico recordando daquela boquinha linda me chamando de tio... Puta que pariu! É o fim. Daquele dia em diante as noites estão insuportáveis. Esforço-me o quanto posso para não lembrar, concentro-me em outras coisas, mas não é possível. Que absurdo! E a isto vão se juntando tantos outros absurdos que não dá nem vontade de a gente continuar vivendo. Olhe você para a minha vida; a minha só, não, as nossas. Trabalho o dia todo como um cão danado, não ando em festas, não pratico esportes, e o máximo que faço é levar a minha cachorrinha Marri para passear todo dia de noite quando chego do trabalho. Ler como você, que passa o dia todo aí lendo, eu não gosto, e nem posso. Eu estou falando isso, mas eu sei, eu sei que você só faz isso porque está desempregado... A gente tá fodido nesse país. Não sei quem está mais. Se você sem emprego certo, ou eu ganhando aquela miséria como funcionário público. E nem você nem eu podemos nos aposentar porque não temos nem idade nem tempo de contribuição. E com essa baderna de reforma-mas-não-reforma a Previdência, não sabemos se vamos conseguir nos aposentar antes que nos joguem aí em alguma vala de cemitério como indigentes. E o fulano lá em Brasília querendo transformar as praias do Rio de Janeiro em Cancún, em liberar geral com armas de fogo, em alterar regras de trânsito, em meter de qualquer jeito um evangélico no Supremo Tribunal Federal e o país se esfacelando, se derretendo. Eu fico me perguntando: quem? Quem botou aquele cara lá? Quem?

– Você está um limão azedo hoje. E tudo por causa de uma mulher... quem diria...

– Mas não é? Assim não sei onde vou parar. É essa dificuldade toda para viver nesse inferno, é violência pra todo lado, é desconfiança generalizada, é só tristeza... taí; uma coisa que essa experiência com a gatinha do metrô serviu. Foi para acabar de me afundar mais ainda. Depois que eu fiquei viúvo então, essa solidão, um desencanto, uma aflição, um vazio e uma nostalgia filha da puta, cara...

– Sinto muito, meu amigo, sinto mesmo... Mas se olharmos por outro lado, pelo menos daqui a alguns poucos anos vamos poder ao menos, andar de metrô gratuitamente.

– Isso não tem graça nenhuma... tá vendo? É só falar em metrô que eu me lembro de tudo novamente. Mas quer saber? Essas putinhas novinhas ficam aí tirando a maior onda de gostosas, desfilando para cima e para baixo sem saber o que as aguarda num futuro bem próximo, mais brutal do que para nós homens, o amanhã para elas é muita celulite, muita barriga e peitos e bundinhas flácidas. Uns verdadeiros bagaços é o que essas vaidades vivas vão virar. Essa putas! Xiii, por falar nisso, será que aquela não era garota de programa? Agora me ocorre, aquela bolsinha rosa-choque brilhante, aquela calça de malha apertando-lhe as carnes, os peitos quase pulando de dentro da blusinha... e indo em direção ao aeroporto às duas horas da tarde de uma segunda-feira? Aquela região não é coalhada de motéis?

– Realmente é uma possibilidade, embora eu ache que você está com uma imaginação terrível de ficcionista frustrado em imaginar uma coisa assim. Bem, uma coisa é verdade; lá tem mesmo muitos motéis.

– Está é por dentro, hem, seu bandido? Com certeza anda frequentando assiduamente, né não?

– Por quem você está me tomando? Eu sou lá de andar em motéis? Toda hora vemos propagandas na televisão...

– Meu amigo, falando sério... Tudo isso me dá uma tristeza danada... quando eu me lembro que as mulheres que eu conhecia, com quem vivi, que me criaram, que me orientaram na vida, todas elas, já morreram, me dá um aperto aqui por dentro... minha avó, minha mãe, a esposa, tias, todas, já se foram... Assim não sei onde vou parar. Essa solidão insuportável, esse não ter nem com quem conversar, e quando você se interessa por uma mulher, ela lhe chama de tio! Que desgraça. Eu... eu... estou perdendo a noção também... Olhe, sabe de uma? Que se foda esse mundo, esse país, essas putas metidas a gostosas. Que se foda tudo! E... que tristeza...

– Alou?

– ...

– Alou? Você ainda está aí?

– Estou.

– Responde então, caralho! Você bebeu hoje?

– Não. É que me emocionei um pouco aqui. Espera. Desculpa...

Xiii, por falar nisso, será que aquela não era garota de programa?

– Bicho, eu entendo, e sinto muito. Mas não fique assim... Me responda uma coisa, uma coisinha só. Você queria voltar no tempo e viver tudo de novo, inclusive sem a experiência de vida que você tem hoje?

– Não, aí também já seria demais. Sofrer tudinho novamente? Aí não!

– Pois é. É sempre aquela historinha: todo mundo quer ir para o céu, não é mesmo?

– É.

– Mas ninguém quer morrer, como é que pode?

– Rs. É. Tá vendo por que é sempre bom conversar com você? Além da companhia, me faz ver certas coisas mais claramente. Então? Vamos lá para o bar? Quem sabe não encontramos duas tiazonas bem-apanhadas e perdidas no mundo?

– Não seria nada mau se encontrássemos, mas fica para outra oportunidade...

– Bora, caralho! Por favor...

– Não; vou mesmo ficar por aqui. Divirta-se lá... tome uma por mim.

– Vou sim, e não quero mais falar, não quero ouvir mais nada de você não, a vida é mesmo um absurdo... vou ficar lá sentado com a minha cerveja, quero apenas isso, é o que me resta. Ficar sentado num bar bebendo cerveja sozinho. Tchau!

– Tchau...

Dez minutos depois...

– Alô... boa noite, eu gostaria de pedir um táxi... Sim, para esse endereço mesmo que vocês têm aí cadastrado... Não, não, pagamento em dinheiro mesmo... Daqui para a Pituba... A rua eu não tenho muita certeza qual é, mas creio que não será difícil encontrar porque estou indo a um bar muito conhecido... Não, restaurante, não, um bar. O motorista certamente sabe onde fica... Eu sei, senhora. Se não encontrarmos, paramos e perguntamos a alguém, não é? Basta informar aí pelo rádio, minha filha, que é na Pituba. Pi-tu-ba! Entendeu?... Sim, quanto tempo demora?... Cinco minutos? Está bem então. Ah, ia me esquecendo de dizer, o bar é A Lanterna dos Afogados.

O dia em que foto

Marta Nehring

Já tentei mais de uma vez escrever este relato, mas sempre desisti nos primeiros parágrafos. Um caso mal contado desqualifica a própria vida, e aquela história merecia impactar quem lesse. Uma das versões começava por uma digressão sobre a região amazônica. Algo na linha de quantos paraísos perdidos o verde e os rios incontáveis povoam o imaginário ocidental. Parece que tudo cabe na Amazônia, como se o território se prestasse a um grande, inesgotável campo de projeções, como as empreitadas loucas de Henry Ford, Daniel Keith Ludwig, Fitzcarraldo e Aguirre, incluindo-se aí as próprias circunstâncias nas quais Herzog produziu seus filmes.

A Amazônia sugere as mais variadas fantasias, a começar pela de paraíso perdido, mas o que sobra mesmo é miséria. Ao longo dos meses em que viajei por lá, nos anos 1980, vi mais gente passando fome do que nas andanças pelo Nordeste, naquela época considerado o epicentro da nossa pobreza. O assunto tem me perseguido desde então, e lá se vão mais de três décadas.

Após algumas tentativas de escrita, e ciente da minha incompetência, preferi contar a viva voz, e hoje o relato do dia em que fotografei a minha morte costuma ser, aliás, um dos meus motes de aula quando procuro exemplificar aos alunos os mistérios da decupagem. Decupar, um neologismo do francês *découper*, se aplica ao recorte que fazemos ao enquadrar com a câmera. Parte de um ponto de vista, sempre ideológico, que seleciona os limites da imagem, de modo a extrair dela sua máxima potência de significado. Essa representação quadrangular em breve será substituída pela realidade imersiva dos ambientes tecnológicos – mas mesmo quando todas as imagens forem projetadas em 360 graus, supostamente abarcando a totalidade, sempre terá havido uma escolha implícita do que deve e do que não deve ser mostrado.

afei a minha morte

A decupagem delimita aquilo que denominamos campo. O extracampo equivale ao vasto mundo contíguo em direção aos quatro pontos cardeais e eventualmente inclui o subsolo, a quinta direção que costuma ser explorada pelos filmes de terror (por exemplo, quando a mão do morto-vivo aparece repentinamente de dentro da terra). Ao campo da imagem equivale um campo sonoro, as fontes emanantes de som que podemos identificar visualmente. Portanto ao extracampo da imagem corresponde o extracampo dos sons – como os passos que se aproximam de uma personagem que não se faz ver. O extracampo é o reino da revelação, do alumbramento – basta mover a câmera que ele milagrosamente se faz presente. Mas para isso é preciso ter uma filmadora. Na fotografia, decupar torna-se um ato pragmático de síntese: tudo a ser dito precisa estar contido nos limites daquela imagem.

Mas vamos à história. O ano era 1985. Meu primeiro emprego como roteirista. Eu tinha 21 anos e voava num Cessna remendado com esparadrapo (não é força de expressão) em direção à fronteira sul do Pará, com uma pequena equipe de filmagem: o câmera, o técnico de som, uma repórter e o piloto. O objetivo da viagem era documentar a atividade econômica que florescia ao longo da PA-150, estrada que parte da margem sul do Amazonas, na altura de Belém, rumo aos limites do estado do Pará e que simbolizava o progresso, ao menos na retórica da campanha eleitoral para a qual trabalhávamos: o mar de dendê ali onde antes os migrantes japoneses se aventuraram a cultivar pimenta do reino (mas o que plantaram foram seus corpos em cova rasa), a usina hidrelétrica de Tucuruí (cujo lago afogou uma floresta rara), a mina de Carajás e a estrada de ferro que conduz o mineral até o porto onde é exportado, no Maranhão (a um custo de implantação cujos juros acho eu estamos pagando até hoje), a cava da

Serra Pelada (a montanha em negativo que sintetiza a exploração desvairada) e por fim, emendando no atual estado do Tocantins, o gado e os pastos, nossa desfloresta.

Na história em questão, que se passa num Cessna velho voando sobre a floresta com uma equipe de filmagem reduzida, a câmera está guardada e há apenas uma máquina fotográfica: minha Kodak Instamatic, o modelo mais barato da época, com um rolo de 36 poses já na metade. O mecanismo da Kodak era simples: bastava apertar o botão disparador e, depois, girar uma pequena alavanca que puxava o rolo para a foto seguinte. Comparado a hoje, o ato de fotografar com película tinha um diferencial importante: o custo da revelação. Por isso, pessoas duras como eu economizavam ao máximo seus cliques, quando tiravam uma foto era de mote muito bem pensado.

Viajar de Cessna era como flanar pelo ar, tão próximos da terra que dava a impressão que poderíamos pousar a qualquer momento, como num sonho. Acho até que alguns pássaros iam mais alto que a gente. E tinha um atrativo: era um voo silencioso, ao menos de palavras. O rádio só funcionava na proximidade das pistas de pouso e não havia como conversar, devido ao barulho do motor.

Naquela tarde havíamos decolado do sul do Pará, da sede do frigorífico Atlas, rumo a Santa Maria das Barreiras. O Atlas era um complexo de abatedouro e frigorífico, um enorme galpão ladeado por um hotel com piscina e uma vila de casas de alvenaria, destinadas aos funcionários graduados, e das casas de madeira dos demais trabalhadores. Para lá convergiam os rebanhos de abate vindos de todo o sul do Pará e do norte do Mato Grosso. Mas o Atlas era um gigante com pés de barro e a vila pré-fabricada, um logro: bastava rodar alguns quilômetros território adentro para encontrar trabalhadores e suas famílias na mais absoluta precariedade: nunca vou esquecer a lona armada debaixo de um capão, a panela de alumínio amassada e sem cabo pousada direto sobre o fogo de chão, o jovem de barba rala contratado para cuidar da estrada que chorava porque tinha três filhos debaixo da lona, sem comer há dias, e um deles estava morrendo. Da esposa, grávida, só lembro que tinha rosto de criança. Nós gravamos um depoimento do rapaz pedindo ajuda, que teve ótima repercussão para a campanha e que eu, como diretora do documentário, vou provavelmente expiar com algumas semanas extra no inferno. Quanto à criança moribunda, os pais devem tê-la enterrado ali mesmo, na beira da estrada.

Findas as filmagens na região do Atlas, tínhamos que retornar o mais rápido possível a Belém, a campanha estava no fim e nosso documentário deveria ir ao ar na semana seguinte. Voávamos próximos à serra de Carajás quando uma diminuta nuvem apareceu no horizonte. Uma nuvenzinha rechonchuda, que se desdobrava em bochechas alvas e brilhava ao sol. Era um saudável bebê nuvem e eu me encantei. A natureza sabia ser generosa, às vezes, e o mundo visto de cima era infinitamente mais aceitável.

Mas o bebê nuvem logo ganhou corpo, suas bochechas se tornaram dobras de uma obesidade monstruosa, crescendo até ultrapassar o limite superior do céu. Aquilo me fascinou. Eu tinha 21 anos, nenhum dinheiro e talvez por isso não sentisse medo. Voava despreocupada num Cessna de asa alta, remendado a esparadrapo, com minha Kodak pronta para registrar a viagem nos intervalos do trabalho e admirava a tudo intensamente, a nuvem que crescia, a mata abaixo e a serra formando uma barreira verde à nossa esquerda.

Não me lembro em qual momento ficou evidente que estávamos em perigo. Talvez na segunda ou terceira vez que o piloto tentou furar a nuvem por cima, mas o corpo acinzentado havia se tornado uma massa compacta e inquieta, talvez quando embicou para abaixo e demos um rasante sobre a rede de alta tensão vinda de Tucuruí. O avião fez uma curva para a esquerda, e roçamos as árvores da serra, devido à turbulência. Eu estava no banco de trás e notei a camisa do piloto molhada de suor, as falanges de suas mãos brancas de tanto que apertavam o manche. A repórter, sentada ao meu lado, rezava em voz baixa.

O Cessna tremia, a linha do horizonte oscilava a tal ponto que eu não tinha certeza se estávamos ou não voando de cabeça para baixo. O altímetro girava célere ora para um lado, ora para outro. O câmera, sentado ao lado do piloto, parecia congelado. Não senti medo, nem qualquer tipo de aflição. Simplesmente peguei a minha Kodak e comecei a tirar fotos. Quando encontrassem os destroços do avião, pensei, iam revelar o filme. Não cheguei a pensar na palavra testamento, apenas em fotografar a minha morte. Essa era a frase: vou fotografar a minha morte.

Tirei fotos compulsivamente e, quando a alavanca travou, entendi que o rolo havia terminado. Guardei a máquina e voltei a olhar para fora. Então a nuvem se abriu numa claraboia invertida. Um raio de sol iluminou a mata logo abaixo, revelando um rasgo retilíneo marrom: uma pista de pouso. Toquei o ombro do piloto e apontei na direção em que a nuvem se abrira. Ele girou o avião para a direita e só então os demais passageiros (o técnico de som viajava enfiado nos fundos, com a bagagem) puderam ver não bem o dedo de Deus apontando para nossa salvação (ainda que fosse esse o caso), mas a pista onde afinal pousamos tranquilamente, como num sonho.

Dias depois, já em Belém, fui buscar as fotos. Talvez minhas mãos tenham tremido quando abri o envelope. As imagens mais antigas estavam na frente. Havia algumas de Tucuruí. Eu nunca tinha visto uma barragem e me impressionara com o volume de água. A fotos seguintes eram da Serra Pelada – àquela altura quase deserta, pois houvera um desmoronamento e a cava fora parcialmente inundada pelas chuvas. Por fim apareceram as imagens da minha morte. Uma sequência de fotos idênticas, nas quais se via apenas a ponta da asa do avião circundada por uma espessa neblina.

Escapara da morte, mas não de um erro crasso de decupagem. Nada, naquelas imagens, era capaz de representar minimamente o que eu havia passado. Não sei se terei a ocasião de registrar meu fim, como o câmera que filmou o soldado apontando o fuzil e atirando em sua direção, durante a primeira tentativa de golpe no Chile, em junho de 1973. O curioso é que as fotos da minha morte, que afinal se resumem a uma única imagem, de tanto não dizerem nada, nunca me saíram da cabeça.

Nina Guedes

Colagens feitas com esboços de texto

Num quase-diário, quais figuras a letra pode desenhar?

Imagens de caderno apagadas e páginas de alguma estrada do centro do Brasil.

os gestos incompletos

que desbotam hoje ainda mais belos

Órfã de mar

Miriam Portela

Ela vestiu-se de solidão e saiu à rua. Invisível aos olhares. Indiferente às temperaturas, caminhou até o limite das cidades. Nas cercanias continuou. Pisava como se quebrasse ossos desenterrados. Seguia obstinada e segura. Nenhuma chancela a deteria, não havia fronteiras que a impedissem de continuar.

Seus pés descalços revelavam escamas sob a nudez das vestes. A respiração ofegante a denunciava. Os ventos contraditórios lavavam seus olhos e ela vertia lágrimas oceânicas. Cada gota formava lagoas salgadas em meio à aridez do terreno. Não chorava de dor, mas de destino. As águas a transbordavam. Se chorasse meses, formaria mares.

Ninguém a detinha para pedir uma informação. Ninguém a percebia para pedir-lhe socorro. Uma profunda solidão a vestia, como a vestira sempre. A capa negra da solidão a ocultava. Nunca se misturaria à multidão. Jamais seria par qualquer. Só o destino a vigiava. Mas o destino não contava mais.

Entrou numa aldeia, sentou-se à mesa e saboreou peixes e mariscos. Às vezes, a fome a devorava.

Isenta de prazeres, prosseguia. A solidão a ocultava.

Nascera distante, num povoado que a desmerecia. Áridas planícies, falta de horizontes a embalaram. Ventos febris, mornos cansaços e chuvas tardentes. Tudo tão seco, tão árido para quem carregava em si rios e margens...

Armou-se de coragem e vestida de solidão partiu, sem saber para onde ia. O destino riscou no chão poeirento e ela obedeceu. Partira.

O tempo curvou-se à tão longa espera. Escamas perderam-se, vestes rasgaram-se, partes do corpo se mostraram. Os séculos se curvaram e ela prosseguiu invisível e indiferente às intempéries.

Um dia, de tanto chorar seus olhos se inundaram. E a terra encharcou-se. Casebres e pastos desapareceram. Estradas e encruzilhadas uniram-se. Alagados os campos, encharcados os céus. As águas se impuseram. E o mar se fez. Absoluto e salgado. Salgando as carnes, as lágrimas e tudo o mais. E o mar se fez, abundante.

Libero
Ernest Shackleton

Luiz Basile

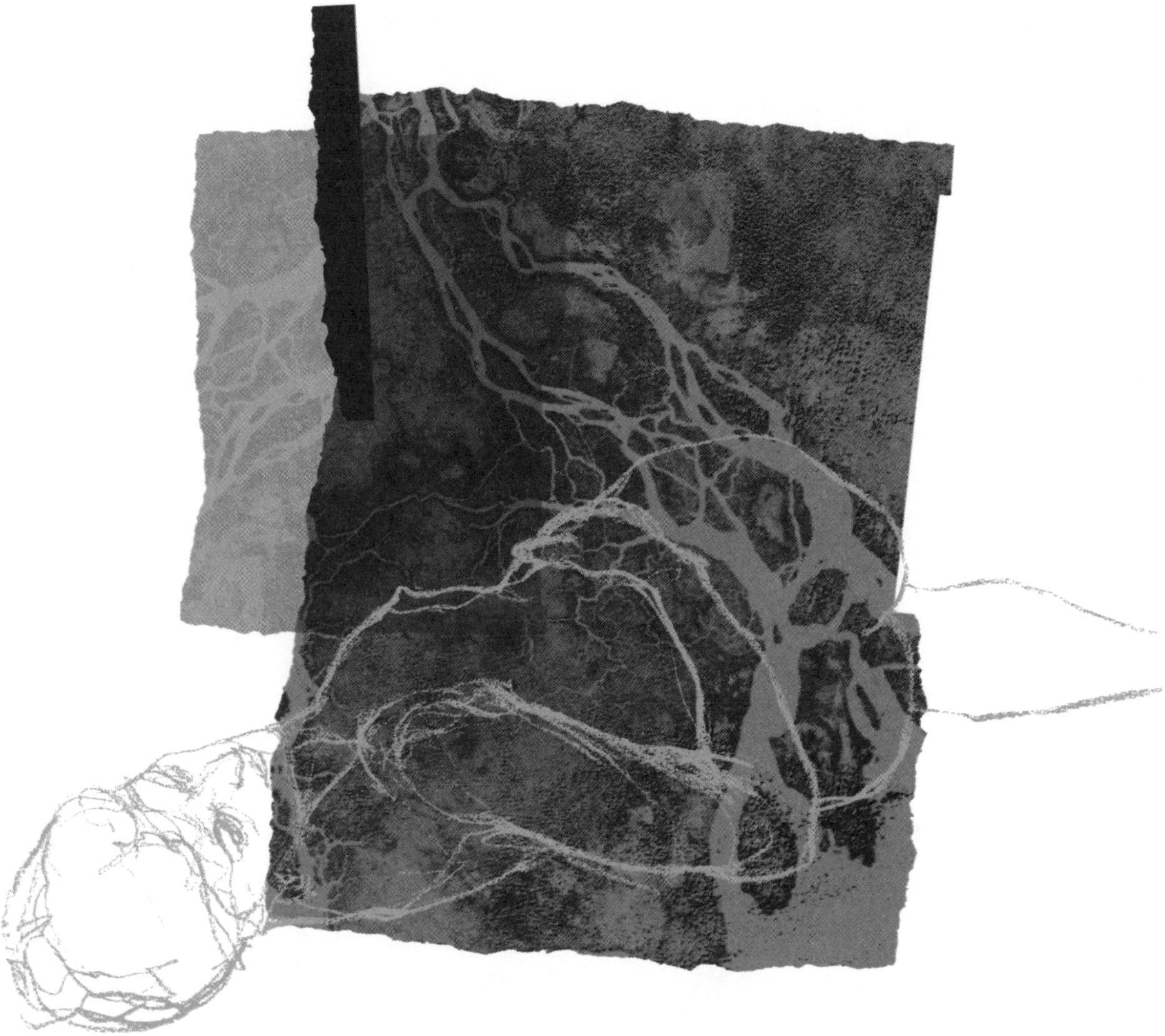

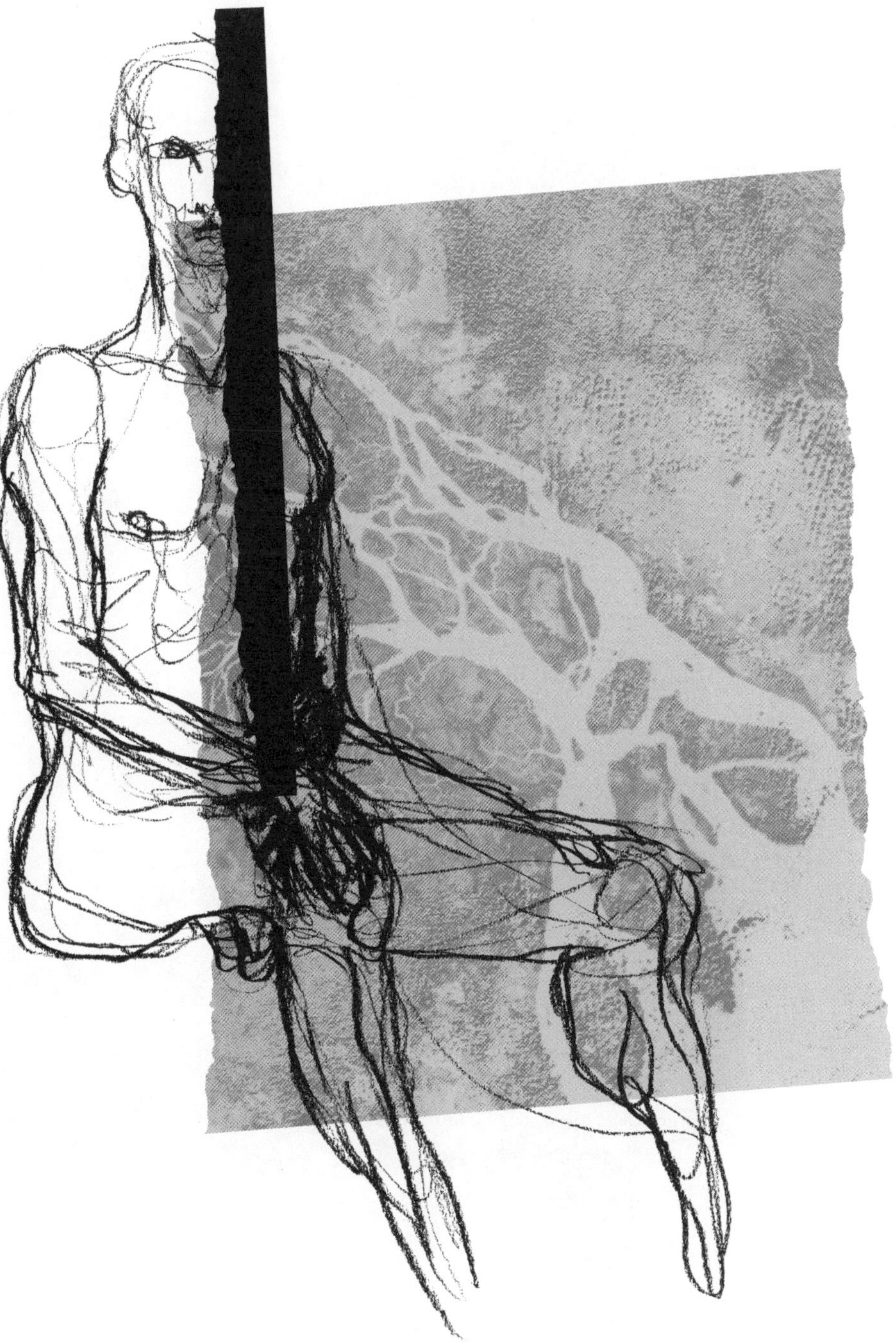

Renata Py

O maestro

Minha bisavó, dona Eduarda, contava que a música veio com meu avô desde quando ele se formou na barriga dela: "Podia senti-lo reger", era o que dizia uma carta endereçada para um tal de Adalberto Ciccione. Não a conheci, assim como a minha mãe, que morreu de febre quando eu ainda era recém-nascido. O que me deixava intrigado era o fato de essas dezenas de cartas estarem guardadas na gaveta do vovô e nenhuma ter sido enviada. Nunca ousei perguntar, atribuindo a eles o direito do segredo.

O maestro Carlos Alberto Silvério, meu avô, era dono de uma solenidade ímpar. E todos se dirigiam a ele exatamente assim; título, nome e sobrenome. Nunca ouvi alguém chamá-lo de Carlão, Silveirinha, seu Carlos, Beto ou algo do tipo. Eu fui criado por esse homem, já que meu pai trabalhava para a marinha, ficava em terra algumas semanas no ano. A janela da minha escrivaninha mirava para a sala de ensaio do maestro e um jardim bem cuidado. Inúmeras vezes fui retirado dos meus afazeres, quase que hipnotizado, pelos movimentos das batutas nos ares, que no silêncio do meu ambiente pareciam reger as folhas ao vento das nossas plantas, como se elas sentissem o desejo do vovô e, obedientes, dançassem. Lembro-me de passar horas analisando as expressões daquele senhor: a sutileza ou força dos seus movimentos, as costelas que se fechavam e abriam. Um corpo que agitava, acalmava e sofria. No silêncio do meu quarto, esses trejeitos me diziam o que a minha imaginação mandasse, pois não ouvia nota alguma. E tudo aquilo confirmava as palavras da minha bisavó em suas letras de boa caligrafia.

As apresentações eram geralmente noturnas e eu fui na minha primeira quando já era quase um adolescente. Ao chegar no teatro, entendi a solenidade da palavra "maestro". Tapeçaria, rococós, mármores e couros harmonizavam todo aquele gigantesco espaço. Fiquei no camarim aos cuidados de uma moça cortês. Muitos músicos ali zanzavam. Concentração era a palavra que definia a logística da orquestra em seus bastidores. Não se ouviam falas, risadas ou queixas. Apenas os instrumentos sendo afinados. Dissonância era a voz daquele mundo.

Recebi o programa da sinfônica, um pequeno lanche e um carinho na cabeça da moça educada. Papel grosso, letras em relevo. Apresentava a orquestra, o coral, os solistas e meu avô, além da programação:

W. A. Mozart: O Empresário | Abertura (5'), N. Paganini: Concerto n° 1 para violino e orquestra em ré maior, op.6 I. Allegro maestoso - tempo giusto (20'), L. v. Beethoven: Sinfonia n° 7 em lá maior, Op. 92 | I. Poco sostenuto - Vivace (12').

Sentia certa intimidade com esses compositores. Foram muitas histórias sobre Wolfgang Amadeus e Ludwig que eu já ouvi do maestro. Quando eu estava doente ou aperreado com algo, ele sentava-se e me distraía com curiosidades sobre todos eles. O pai de Beethoven o forçava a praticar sem fim para atingir o mesmo nível de Mozart. Pobre menino! Competir com alguém que produziu mais de 600 criações, consideradas obras-primas, e que aos seis anos de idade já compunha com destreza. Não deve ter sido fácil.

Os músicos foram direcionados ao palco, achei a hora oportuna para ir ao encontro do vovô. Estava entusiasmado com tudo aquilo como nunca estivera antes. Em sua sala o encontrei sentado, de cabeça baixa, acocorado em uma cadeira. Feições encruadas, óculos na mão, olhos fechados. Poderia dizer até que chorava. Não condizia em nada com a postura daquele homem. Achei melhor me afastar, afinal nunca tivemos algum momento de cumplicidade tão íntima.

Junto com alguns convidados, fui colocado numa cadeira que ficava bem de frente onde o maestro regia. Os músicos já em posição ainda ajeitavam os instrumentos: violinistas à esquerda, baixos e flautas à direita, instrumentos de sopro atrás. Entraram os cantores, posicionando-se ao fundo; todos de preto, apenas os solistas traziam alguma cor. Foram recebidos com aplausos. Por último, o maestro Carlos Alberto Silvério, que recebeu muitas palmas. Eu me emocionei como nunca pude imaginar, a postura encruada já não tinha mais vestígio, ele era grande novamente. Tronco forte, ereto, cabelos brancos bem penteados. Entendi ali que nunca lhe caberia outro nome ou qualquer apelido. O Maestro (que dizia mais sobre ele do que o próprio nome e sobrenome) Carlos Alberto Silvério fez a sua reverência para o público e começou o espetáculo. Não sabia se eu fechava os meus olhos para sentir a música ou se observava meu avô comandar a atração. Aquilo para mim foi a verdadeira compreensão da grandeza do Universo, por algumas horas entendi o sentido da existência. Meu avô voava, nos mostrava o céu e lugares jamais conhecidos. Foi a sua última apresentação.

Dias depois, ele me abraçou fortemente e disse que iríamos viajar. Ele queria muito conhecer e me apresentar a uma pessoa, o tal Adalberto Ciccione, seu pai. Descobri naquela viagem que o meu pai havia falecido dois dias antes do espetáculo, numa missão da marinha. Confesso envergonhado que não tive muito tempo para sofrer, não sei se pela distância que nos cabia ou por estar diante de tantas novidades que vivi com o meu avô. A orquestra foi o marco, onde saí da infância sem perceber, num piscar. Foi quando deixei a casa com pomar, brinquedos e a memória dos meus pais. Conheci meu bisavô, já bem velhinho. E junto com o maestro, rodei o mundo ouvindo histórias sobre Antonio, Franz, Wolfgang, Jorge, Johann Sebastian...

Guto Lacaz

Poesia

Pinturas **Tieko Irii**

Alice Yumi Sakai

VIDA, VAI DEVAGAR

Tudo é movimento,
como num filme onde as cenas mudam
e muitas vezes ficamos sem entender.
Uma hora passa tão devagar,
uma vida tão de repente.
As pessoas somem,
se mudam
morrem.
Eu nunca mais vi tanta gente
demorei pra me dar conta.
Parei não sei por quê...
E senti saudade do que ainda não vivi.
Minha nossa!
Vida, vai devagar...
Hoje eu senti saudade
de tudo que deixei de viver,
por medo ou por orgulho
de dar certo ou dar errado,
isso eu nunca vou saber...
Só sei que eu hoje senti saudade,
até de você.

Beatriz Di Giorgi

CORAÇÃO PARTIDO

Se eu puder deixar um legado,
Deixo um coração partido
E reconstruído para a humanidade

Meu músculo mais evidente
Há séculos se desfaz
E nele colo adereços
Cheios de memórias que invento

Uma música infernal
Vem do meu coração

O ritmo deste coração
Está soando em muitos tempos

E no lugar de mim
Quando morrer deixo um coração
Cheio de letras

Que seja transplantado
E dele nasça no mínimo
Uma flor com espinho.

Meu coração se bate sozinho.

PEQUENO DRAMA EXISTENCIAL

Não venha me dizer quem sou.
Eu sei quem não sou.
Se soa pouco, não se assuste.
Assusta-me imaginar quem serei aos olhos que não sei de quem são.
Só sei que ninguém é absolutamente são.
Se somos o que não sabemos, sorvamos da negação alguma sabedoria.
Tem horas que o não pode ser a tábua de salvação.
E agora só peço que não me decifrem, que prometo não devorar ninguém.

Beto Furquim

LA NAVE VA

Seu canto ondulado
esvoaçante
perde o chão sem impulso
esquece
que a sequência é o pouso
e desce
num passeio avulso
do presumível
grave.

Leve nave,
lã de lava,
mão de nuvem,

que nunca, nunca
os ventos
lhe desluvem.

PAISAGEM

Brasil é o nome do pau
vermelho, ceifado,
hoje capim,
cupim.

MUDA – UMA CANÇÃO-TROVA

Ó, vento que me fustiga,
leva em tua barriga
meu perfume...

Ó, sol que me dá viço,
vamos logo com isso,
cuida que ela saiba.

Dai notícia de mim;
deste ermo confim;
do que vou contar:

No auge da dor aguda,
ela me disse: "Muda!"
Virei-me e parti.

Fui direto pra longe,
fui mendigo, fui monge,
clandestino, ermitão.

Tantas léguas a esmo
e só dava no mesmo.
Exaurido, chorei.

Nesse estado de humor,
reparei numa flor.
Tudo em volta sumiu.

Reguei o jasmim,
montei um jardim,
nada me detinha.

Plantei uma relva,
depois uma selva.
Esqueci minha dor.

Cada broto que abria
me desembrutecia,
abrandava meu ser.

Mergulhei nessa escolha:
criei galho e folha,
pus raízes na terra.

Nem houve espanto,
já que eu queria tanto,
me tornei cajueiro.

A imobilidade,
de manhã, noite e tarde,
quase me enlouqueceu.

Mas, seiva vai, seiva vem,
fui me sentindo bem,
me deixei vegetar.

Hoje sou mais constante,
e o sol me garante
quase tudo que importa.

No meu lar sem parede,
a chuva mata a sede
e o vento me agita.

Pode vir a enxurrada,
o estio, a geada,
estou forte e em paz.

Já não sofro aflições
nem a dor das paixões,
só saudade.

Por isso eu apelo
ao sol amarelo
e ao vento que ajudem.

Levando a mensagem
e inspirando coragem
ao meu querido bem.

Quero que ela queira
virar pitangueira
aqui perto de mim.

Se aceitar o convite
não haverá quem evite
o que iremos fazer.

Bem aos poucos nós vamos
enlaçar nossos ramos,
ter um veio comum.

Esse enxerto profundo
vai trazer para o mundo
nossa pitanju.

Meu aroma e o seu,
Julieta, Romeu,
misturados num fruto.

E o melhor de tudo
é o amor surdo e mudo
embebido de orvalho.

INSALUTARDEMOSTRABUCONTRABANDONEONDESPERTARDIAFRAGMENTECAPTIDÃO

Celeste Antunes

BUQUÊS

quando
fiquei
mal

minha
avó
veio

nada disse
e encheu
a casa
de vasos
de flores

hoje em dia
meu senso
de humor
é um buquê
estendido
pra ela

quando
meu pai
foi preso

enviaram
um buquê
de algum jeito

eu e ele
nos demos
flores
ao contar
aquilo e isso
um ao outro

ABERTURA

não corte
as minhas
asas

não minta
que são
magníficas

castra a dor
ou salva vida

pode-as
apenas

uma vez
ao dia

para que
eu não
te machuque

mas
tampouco

seja
ferida

Cristiane Rodrigues de Souza

preciso que me dê as mãos
porque não posso sustentar tanto céu
com um só golpe
de vista
nem o azul cobalto que se move como água
com pintados arraias
baques de sucuris
e a curiosidade dos botos

preciso que me dê as mãos
porque é muito céu pra tão pouco corpo
e não é possível tanto plano
sob o azul curvo
olho de peixe
das águas que voam
enquanto um beija-flor está preso
na ilusão de nuvens da minha caixa torácica

PAISAGEM

Não sei se W. Benjamin está errado
mas apesar de ainda vivermos na era da reprodução técnica
a pequena cópia do teu rosto na tela do celular
diz tudo o que já disse a filosofia
e tudo o que não disse a arte
Não sei se W. Benjamin está errado
mas vejo no rosto recortado
o Tejo pela primeira vez no lugar do mar
as ninfeias de Monet em *Orangerie*
Vejo a noite e o dia ao mesmo tempo
e compreendo o gesto de criação da poeta
sob a luz e a falta da luz
Não sei se W. Benjamin está certo
mas ao olhar a tua fotografia no celular
lembro-me que um quadro nunca está acabado
e também não estão as paisagens
e que talvez João Cabral tenha razão
e tudo não passe de um jogo de bonecas russas

DUPLO

A outra *woman in the sun*
não olha pela janela
nem acende um cigarro
enquanto vê o quadro de E. Hopper
postado no Instagram.

Não há prados montes
na janela do quarto pequeno
desta mulher ao sol
mas há na pele cicatrizes de partos
a memória da amiga quase morta
das amigas mortas
dos filhos deixados
pelas amigas mortas
e dos filhos quase deixados
pelas amigas quase mortas
que depois morreram.

A rede de proteção na janela
impede suicídios involuntários
e filtra a luz que queima a pele
desta mulher *in the sun*
enquanto ela medita sobre a falta de vitamina D
e a necessidade de médicos.

Lá fora há o grito do cortador de gramas
e em torno a vigília de vizinhos
com olhos postos em janelas.

Diana Junkes

ANTIPRAIA DO CAJU

este prazer do domingo não o consigo assim
esquecida dos dias no calor da tarde paulistana
este prazer não me pertence não pode pertencer a mim
ou aos que como eu meditam sobre o mundo miserável ao redor

esta felicidade que você me ensina não a consigo
e a alegria que você pensa ver em mim
é apenas casca clara delicada
escondendo amarelos carregados de espanto
às vezes vicejam para alimentar as veias dos dias
outras chocam antes do tempo e
pútridos contaminam o que está ao redor

talvez eu quisesse passar o resto dos meus domingos ao seu lado
como seria tênue o leito do domingo afluentes correnteza
mas nunca se sabe este pode ser meu último domingo
posso morrer amanhã "de susto de bala ou vício"

talvez eu parta num domingo
em silêncio sem acusá-lo do amor que já não houver

irei sem gritos sem dizer palavra alguma que ofenda
o que você é para mim neste instante de meu insuportável lirismo
meu lirismo excessivo ruim canhestro de domingo

talvez este lirismo um dia arrebate
você para além dos versos
e então num domingo você pedirá que eu vá embora
entre os gatos e a voz de um ferreira gullar inexistente
eu partirei sem quebrar vidraças sem me embriagar
olharei com ternura os seus olhos rasgados
fecharei devagar a maçaneta para que a suavidade
das folhas da madeira da porta
(esta que um dia você abriu para eu entrar em sua vida)
retenha tudo o que for pétala

toda a nossa história secará por dentro dos seus livros
entre os seus discos de blues ou na voz do bob dylan que ecoa da vitrola
toda a hybris da anti-história do anti-tempo das des-horas minguará:
nossa nudez nossa dança louca pueril ante os aplausos
da tarde morna estendidas pelas melhores palavras

mas talvez eu queira mesmo passar o resto
dos meus domingos a seu lado
talvez eu não parta
tampouco você partirá
por qualquer razão que ainda não sabemos sequer supor
não sabemos de nada de absolutamente nada
a não ser que lá fora as nuvens se adensam e
que estamos juntos

me abrace agora meu bem
o amor deste entardecer é o único com que podemos arar
a sombra dos dias o vulto das notícias a vileza ao redor
o amor deste entardecer é o único com que podemos arar
o sol de íris que ceiva a luz no quarto alaranjado
o suor dos que estão vivos e latejam

POEMA PARA DORIS

doris que dor
encontrar tua mala
aqui perdida entre tantas
teu nome em letras azuis
na superfície castanha de couro
com ares de esperança
tuas letras infantis negam a verdade
de auschwitz

procuro tua foto em meio a outras
afixadas nas paredes
com seus medos
nos vidros vejo meu próprio reflexo
atônita farejo teu vômito na câmara de gás
são quinze minutos insuportáveis
em que as vísceras reviram e a mão de deus
não chega para aliviar as chagas da injustiça

qual das tranças expostas terá sido arrancada
de tua cabeça delicada e sonhadora
enfeitada das flores que tua mãe recebeu
no dia do teu nascimento e que perfumaram teus olhos
até o dia em que um trem te trouxe aqui
e te vestiram de listrado e te negaram comida
afeto decência orgasmos quantos ratos rejeitaram
teus mamilos podres?

há cinzas do teu corpo parco roto espalhadas
pela grama encharcada e um botão do teu pijama
ainda acena em busca de socorro
quem terá te amado pela última vez? terá sido
anna stefan mauritz katerina ou moisés disfarçado?
quem terá limpado os rastros da diarreia que te acometeu
no escuro da noite no dormitório em que te assediou a mudez?

[que ínfima eu sou
em busca de amor
de compreensão
de justiça]

quem recolheu para sempre
tuas lágrimas infinitas
tuas roupas tuas pálpebras
teu mijo de horror
teu sapato vermelho na pilha morta
teus dentes e teus restos
teu amor doris

quem?

Djami Sezostre

CANTO Z

Era uma casinha em z
No meio da terra em z
Os passarinhos em z
Um zigue-zague em z
Cantavam asdfg z

No meio da terra em z
Os passarinhos em z
Um zigue-zague em z
Cantavam asdfg z

Os passarinhos em z
Um zigue-zague em z
Cantavam asdfg z

Um zigue-zague em z
Cantavam asdfg z

Z asdfg z qwerty z dvorak z xpert z

Germana Zanettini

EXCLUDENTE DE ILICITUDE

oitenta tiros
na frente da esposa
na frente do filho
oitenta tiros
família negra
dava pra ver
os vidros
sem filtro fumê
oitenta tiros
na frente da esposa
na frente do filho
oitenta tiros
"é carro de família!"
"é morador!"
vizinhos advertiram
os militares
em ação
continuaram
a execução
oitenta tiros
na frente da esposa
na frente do filho
oitenta tiros
o menino
só tem sete anos
e isso é tudo que tem
não há mais o pai
não há mais país
oitenta tiros
na frente da esposa
na frente do filho
oitenta tiros

Iris Gonçalves

Saudade é feito água
Pinga,
brita, corre, jorra,
s e e s p a l h a.

Feito água,
a saudade inunda,
transborda,
afoga, enxágua.

Envolve o mundo, perpassa.
Evapora, condensa e desaba.
De novo,
s e e s p a l h a.

E sendo água,
se faz onda.

Vem, vai,
avança, recua,
sobe, desce,
embala, balança.

Ousa cessar,
maré baixa,

mas permanece.

Quando anoitece, se enche, cresce.
Maré alta, de novo,
ressalta.

Uma gota de saudade e fez-se mar.

De bar
Em bar
De boca
Em boca
Bagunça
Boa
Boêmia
À tona

De boa
Em bar
De bem
Em boca
Bonita
Beleza
Bamba
À toa

Jayme Serva

NA CALÇADA

Passo a um metro dela
na calçada.
Anda firme,
passo barulhento.
Toca notas percussivas
nas botas que veste.
Veste-se bem
e passa rápido.
Eu apenas a fotografo
com um clique da memória.
Pode ser que a foto dure,
pode ser que seja apagada
por um tropeço
na calçada.

A HISTÓRIA TODA

De que mito originário essa mulher nasceu?
De que costela mística, que crânio de qual Zeus?
Pode-se dela contar uma fábula,
pode-se apenas olhá-la,
e lá está:
no mesmo encadeamento de um enredo
de saltos, peripécias e vaivéns,
um só olhar às linhas de seu corpo,
relance dos sinais de seu olhar,
um só milissegundo desse facho
já mostra, com começo, meio e fim,
a História toda e o sentido – que agora tem.

MINHA ÚLTIMA MULHER

quero você como minha última mulher
a primeira portanto
a que marca
o início do certo
(que não coincide com o início das coisas)
o incerto
no início
no princípio
no zero

quero
do zero
o último
o percurso do infinito
o do poeta enquanto dure
o do físico que leia num quantum
o que a traduza

quero você como a última
a primeira
numa escala sem começo

Jo de Souza

FLUXO

Palavras que querem vir
Tornam-se alvo confuso de um pensamento qualquer
Frases isoladas
Perdidas no trânsito da memória falha
Na incerteza de onde ir
E pra quê?
E por quê?

Fluxo que serve de banho
De limpador da fuligem estranha
Que agora ofusca a minha alma

Não leia!
Siga e fale e escreva.
Tente ser o mais louca e livre possível
Assertiva no mergulho do abismo
Certeira no alvo móvel,
No centro que está em toda parte
No ponto crucial culminante de significado

Por hora é tudo o que posso fazer
Por hora tenho sono e cansaço
Por hora sou parte perdida de mim

HAVIA O FOGO

Havia o fogo
e o calor do fogo
Havia a luz
e o desejo de adentrar

Havia o pulsar

Nas mãos força e sedução
e vozes e silêncio
Houve consentimento
alegria e alento

Um lindo momento

Jorge da Cunha Lima

LARANJA ORIGINAL

Ninguém
inventou
a laranja,
ela chegou
como um filho
esperado,
na gare
de um galho
abandonado –
a poesia,
fruto do amor
e do pecado,
do plantio e do
recado.

Tem o doce
de um limão
pródigo
e a cor amarela
de um vermelho
envergonhado.

Uma laranja está
onde está
para ser consumida

por quem sabe
consumi-la
atrás de pele
e da pupila.

Não é um fruto
proibido,
nem um vinho
consagrado.
Uma laranja
é uma laranja
como você
é você,
poeta que é
e não se vê.

Miriam Portela

A casa que me habita
é nua de excessos.
Expulsei os escuros
estrangulei os rumores
deixei-a
reinada por silêncios.
A casa que me habita
não admite forasteiros
grossos cadeados
lacram as portas
duplas venezianas
cerram as janelas.
Foi erigida num lugar ermo
sem permissão
a vizinhanças.
Lá brotam sementes
trazidas pelos ventos
nascem pássaros nas gramas

porque toda ela é um ninho.
De madrugada cigarras e lagartixas
grilos e bem-te-vis
invadem a casa
que me habita
a quebrar o jejum
de vozes.

Patrícia Pinheiro

A solidão
embotando
as garras.
A memória celular
inflamando
os calcanhares de Aquiles.
A poesia
e a aritmética
tateando equilíbrio
em tempos
de cegueira.

É difícil não fazer do outro uma oração.

Eu te esperei.
Incandesci as paredes glaciais
da véspera,
suturei minhas feridas
com fios de ferrugem,
perambulei, nua,
pelos corredores cortantes
do inconsciente.
Mas quando teus olhos

amanheceram
e quiseram soprar
a vida
de dez primaveras
nos meus,
o inverno já tinha chegado,
o vinho, se feito vinagre,
e as minhas muralhas,
vacinadas de intempéries,
desaprenderam
a desabar caminhos
para as tuas chegadas.

Samara Porto

CAPÍTULO

guilhotina possante corta de viés
e me espera no ponto preciso
decepa seca o que quase jazia
tombo volumoso me acolha
entre as folhas que o vento
não leva, porque a erva
não é daninha e essa
vida minha é só mais um
capítulo numa longa
existência
que me salve
da demência
a gráfica
incontinência
de
palavras

AGULHA

a distinta haste
que me cerze
faz seu traçado
em pontos miúdos
aproveita-me muda
e reúne a pele
destituída
unindo-me
em nova base
a esta fase chamo
fazenda puída e
revigorada
aguçada em sua
extremidade a
agulha renda novas
possibilidades
quando acordar
que eu saiba
tecer as farpas
bordando
um novo retrós

EXEGESE

a proficiência tropeçou
nas disciplinas
rio acima a paciência
dissertou

a vida não está escrita
a escrita desafia a vida
o escritor espírito das letras
e as letras o vento leva

mas o coração preserva

SANCHO PANÇA

a garra
o gancho
Sancho Pança
afiança Brasil
rechaça as
discrepâncias

servo antes
liberta agora o instante
sem farras
sem relinchos
sem o estrabismo dos extremos
temos muito a evoluir

nessa terra desgovernada
não é de arma na mão
não é do gabinete que se
decepa as peçonhas instaladas
é debelando a malta com
atitudes e consciência

respeito no contraponto
ao delírio quixotesco
um arabesco de exploradores
tentando calar o coração
pulsante de um país que ainda
não descobriu o poder de Ser

Sergio Basbaum

SEREIA_FUNDAMENTAL

Foste minha
Sereia fundamental

Sereia fundamental
nas harmonias da vida
Sereia fundamental
nas lembranças de amor

sereia fundamental
nas cicatrizes
cuidadosamente cultivadas

sereia fundamental
nas feridas tratadas a ácido

sereia fundamental
nas epopeias
nos cantos, nos amores
nas amarras e nas fugas
pelos mares gelados
e pelos rios quentes
pelos climas úmidos
[pelas noites úmidas]
nos êxtases do desejo
e nos gozos espirituais

em tudo
sereia
meio real meio mito
meio onda meia lua
maré cheia em mil pedaços
rua meio-fio de espada
sereia fundamental
na hora do pênalti
e nas memórias
nos encontros orgasmotrônicos
nos sais eletrolíticos
nos metais magnéticos
nos sons eletrônicos
nos montes e nas curvas
(dos caminhos)
do corpo

sereia fundamental
nos dias do muito
– e pouco importa o pouco –
sereia fundamental
porque tempo-espaço inexistem
tampouco real ou ficção

sereia fundamental
na existência consagrada
ao ponto
deslocalizado
do encontro (e dos desencontros)
das extravessias
sem fundamento nem chão
só maré
mar
nudez
e fantasia

CHAMA

a
mei
a
luz
teu
olhar
chama

MELHOR CARTA

pediste uma carta.

sou mais de um,
mando duas:

um valete,
um coringa.

uma dama
fará dele
um rei

Theo Bozon

Em mim é assim:
Sem muito papo de campo –
Sem nada de muita língua –
Pouquinho de muita mata –
Em mim foi assim:
Sem muito assim –
Seco; quase nada –
Todo de infância arriada –
Nada de sangue caboclo –

Nada de pipa no morro –
Em mim é assim:
De pouquinho em pouquinho –
O campinho que foi –
A linguinha cantou –
O matinho picou –
Tudo tão aí:
Que o campinho cantou também –
E a linguinha picou –
O mantinho se foi...
Tudo passando:
O passarinho se foi –
E com ele o campinho –

Hoje – em dia que não há mais estrada de pedra,
Digo Eu:
Perdi toda a esperança de vê-la abrir clara;
Translúcida, fervente / numa manhã reta
Rinçando de perna em perna,
Em reencantos de estrada vazios.

Tivesse pensado antes!
Tossi pigarrento pro meu coração:
Falta cavar um bocado agora –
Mas pra onde foi a lama do festival?
A boca engoliu tudo;
Se por hora me engolisse de um todo ...

Foi-se com ela em rinço d'água, translúcida –
De passo em passo –
Vibrou ainda em bate d'água / em compasso da razão!

Quem me dera fosse esse o asfaltado –
Roncou o coração –
Fosse engessada com ele toda a inteligência mental –
Se deslizasse pelos poros aquele que soube deslizar ...
Pelas brechas! A inteligência do corpo –
Mais ligeira do que qualquer treco, finalmente:

Fiz eu:
A virtude do corpo é a chave de uma máquina qualquer

Talvez muito recluso fosse o poeta.
Funcionário público; tímido...
Talvez os olhares que a muitos encantam,
Também o encantassem.
Talvez não pudesse ser olhado.
Talvez se escondesse nos cantinhos;
Nas cabanas mais reclusas...
Talvez percebesse que assim nada se esconde.
Talvez, pelos olhares enganados,
Precisasse mesmo ser poeta.

Tieko Irii

FLUXOGRAMA

Fluxo
Refluxo
Convulsão
Navegamos nas águas
do inconsciente
Inconscientes
Garrafas ao mar
acenam
Seguimos crendo no tempo,
no espaço, nas ondas
Mas se com o dedo mindinho
tocamos esse infinito
Ah! Maravilha!

Ana Aly

O poema "Viúva Viva" (*pág. à dir.*), projeto de 2001, faz *humor erótico* com o sentido de ser viúva, aquela que tem sempre uma relação intrínseca com a morte. Com a morte de meu marido, o poeta experimental e pesquisador Philadelpho Menezes, passou a ser essa a minha realidade, e assim realizei um poema visual onde a palavra "viúva" se transforma em corpo de mulher, no qual se destaca uma grande "vulva" como triângulo central da composição. Ao se entrecruzar com a palavra "viva", ela cria uma espécie de trocadilho visual.
A letra "u" toma a forma de um pênis, criando um coito entre as palavras. Este é um poema homenagem ao meu marido em que faço uma brincadeira para dizer que ao menos na arte (onde éramos também grandes parceiros) ainda somos um casal em plena atividade sexual e fértil. Nosso produto ainda é a palavra e a imagem em uma única coisa: POESIA VISUAL!

Filipe Moreau

Imagem de fundo: colagem-homenagem a Guto Lacaz
(notas em palíndromos, portais e duplas)

C
O
N
ARTE
É
MPORÂNEA

ιμδιος καιαρος

Amar-te: atar-me em rata e trama

LET IT BE

NO TIBET

acaba
com a
dobra
abra
cada
palavra

rio de água clara

porque a quero

LANCE COM DADOS
OLHOS
DE LINCE

eu que
amo roma
ia ver e revia
a rara arara
a
reviver

apocalipse em colapso:
na caserna, na taberna, na caverna
ventríloquos com seus ventrículos
à procura do puro: sinuosa sinusite

o grande monarca
que se afastou da comarca
procura uma barca

nobre cavaleiro
solidário e solitário
sumiu por inteiro

alma consumista
declarou em entrevista
amar colunista

tipo tupi
guaraná guarani
sushi sashimi

meus escritos
são os sonhos
sobreditos

à maneira
de gravá-los
por inteiro

na madeira
de primeira

Crônicas

Beatriz Di Giorgi

Legado

Não abro mão dos sotaques da minha origem.

Me regozijo quando ouço que profiro levemente um timbre e uma puxada de erre que escutei outrora.

E piso a calçada como se fosse sagrada do jeito que eu via meu pai caminhar.

Caminho para frente graças aos passos que me ampararam, puxada pela levada da mão da minha mãe entrelaçada na minha.

E vou desajeitada, às vezes andando em círculos, algumas pulando amarelinha e outras desbravando territórios.

Sandra

Houve um dia que eu ainda não sabia que existiam pessoas humanas e não humanas.

Estava em Buenos Aires, no inverno de 2011, com minha família e resolvemos passear no Zoo da cidade. Lá presenciamos uma cena incrível. Avistamos a jaula de uma orangotango que parecia impressionantemente humana, fazendo pose para as pessoas que passavam em frente à jaula. Quando percebeu que já tinha juntado gente suficiente, começou uma performance, consciente de seus movimentos e onde desejava chegar. Ela levava nas mãos, como objeto de cena, uma garrafa pet de 2 litros vazia. A orangotango balançava a garrafa e dançava. Juntou gente à beça na frente da jaula. Ela foi criando um clima meio hipnótico, brincando com a garrafa, mexendo de várias formas. Estava um frio de lascar. De repente a orangotango posicionou a garrafa entre suas pernas e lá depositou um volume considerável de xixi. A plateia estava claramente hipnotizada com o que via. Em seguida, a artista levantou a garrafa, examinou atentamente seu conteúdo e começou a girá-la rapidamente, sem derrubar nenhuma gota sequer. Ouviam-se gritinhos de êxtase entre os presentes. Algumas pessoas se afastaram com medo de serem atingidas por um arremesso de xixi. Muita gente, porém, não conseguiu se afastar, assumiu o risco e permaneceu atenta. Estávamos entre esses. Valeu a pena: a orangotango parou por um instante, lentamente suspendeu a garrafa, até que a encaixou em sua boca e mandou para dentro aquele líquido amarelo, bebendo tudo com vontade. Os gritinhos de êxtase da plateia transformaram-se em urros de espanto. Ela fez um ar de deboche e riu, de verdade, da cara de espanto do público. Show encerrado, a plateia se dissipou e a lembrança do espetáculo inusitado permaneceu luminosa em minha memória.

No verão de 2019, uma amiga me contou que ia a Buenos Aires e sugeri, imediatamente, que ela fosse o visitar o Zoo, e conhecesse a orangotango artista. Ela respondeu que o Zoo de Buenos Aires havia fechado. Perguntei o motivo e ela não sabia responder. Passou um tempinho e tive a resposta: no inverno de 2019, em São Paulo, meu marido veio me contar que leu uma reportagem, no jornal *El País*, sobre a orangotango artista que nos deu momentos de alegria e graça. Contou-me que soube que o nome dela é Sandra, que não é argentina, nasceu na Alemanha Oriental, em 1986, e foi rejeitada pela mãe. Com 9 anos, foi vendida para o zoológico de Buenos Aires, onde cruzou com um orangotango vindo para a Argentina só para esse enlace, e teve uma única filha, que ela rejeitou, como fez sua mãe com ela. Segundo o jornal, a filha de Sandra foi comprada por estrangeiros e seu paradeiro é ignorado. Sandra ficou sendo o único animal de sua espécie que vive na Argentina.

Os cuidadores de Sandra declararam que ela vivia muito deprimida com a vida no Zoo. Em 2014, uma associação argentina se organizou para libertá-la da vida encarcerada numa jaula e entrou com uma ação que foi distribuída para uma juíza que fez um vínculo afetivo extraordinário com Sandra, considerando-a uma amiga. Em 2015, a tal juíza proferiu sentença, fundamentada por estudos oriundos de vários países, reconhecendo a orangotango como Sujeito, não objeto de direito, e determinando ao poder público da cidade de Buenos Aires que garantisse à Sandra as condições de seu habitat natural e as atividades básicas para preservar suas habilidades cognitivas. Pelo julgado, Sandra foi reconhecida como uma "pessoa não humana" e recebeu um *habeas corpus*.

Em 2016, o zoológico de Buenos Aires fechou e se transformou em ecoparque fechado ao público, onde Sandra vive atualmente e é estimulada por cuidadores a brincar, pois quando não é estimulada fica apática e deprimida. Ela tem muitos brinquedos, cordas, bolas, cestos, tecidos, revistas...

Sandra, recentemente, protagonizou um dilema sobre o local em que deveria viver após a libertação, pois foi constatada a impossibilidade de devolvê-la à natureza tanto por ser incapaz de sobreviver pelo fato de ter nascido em cativeiro, como por ser mestiça (Sandra é uma mistura de orangotango-de-sumatra e orangotango-de-bornéu) o que a condenaria à rejeição por outros animais (será que sua mãe a rejeitou por isso?). Assim, os especialistas depois de muito debate (até aventaram o Brasil) concluíram que o lugar adequado é o Centro para Grandes Macacos, na Flórida.

Atualmente, em agosto de 2019, está sendo concluído o cumprimento das rígidas condições exigidas pelas autoridades estadunidenses, para garantir o bom estado de saúde de Sandra para não ser automaticamente sacrificada na chegada. Sandra está esperando há três anos para ir a um lugar apropriado às características de sua pessoa. E pode ser que daqui a um tempinho receba um *green card*, quem sabe?

Esta história me divertiu. E ensinou muito, principalmente sobre liberdade. Ensinou-me, também, que artista pode ser humana ou não, mas tem sempre singularidade, é pessoa. Que a mistura, a mestice, pode gerar rejeição, originalidade e talento. E que a arte, a surpresa e a graça estão espalhadas pelo mundo todo e quando menos esperamos vêm nos fazer uma visita, das boas. Talvez um dia desses, em um lugar qualquer, a filha de Sandra apareça. Sou capaz de apostar que ela é talentosa como a mãe.

Só faltou mesmo ver Sandra, a grande artista, a orangotango inesquecível, a cidadã do mundo, dançar um tango. E quem disse que não seria capaz?

Gabriela Brioschi

Pés

Lembro-me bem da flanela macia do pijama. E não sei como escorreguei até lá, mas ainda sinto o cheiro de vinho, o álcool proibido sobrando no fundo dos copos, final da festa.

Vozes excitadas vinham de cima e, ainda que eu não entendesse nada do assunto, o tom das risadas era elétrico.

– Então, Carlos Roberto, quem é que vai suceder esse governador?

Nomes depois o nome de uma mulher e mais risadas.

Qual era a graça?

Desviei-me de um sapato feminino, cheirando a couro engraxado.

Acima de mim, a madeira escura era mal-acabada e áspera, como pôde testemunhar minha mão em uma farpa.

– Hahaha, quem diria?

Apesar dos ouvidos atentos, eu não entendia nada. Algumas frases eram abafadas pelo tilintar de copos, talheres e pratos.

As pernas pouco se moviam, e, quando o faziam, desviava meu corpo e me sentia uma artista circense.

Numa ponta o cheiro de perfume floral e antigo se relacionava com uma perna gorda, um salto alto e a infalível meia de seda. O ranger da cadeira me deu um susto.

Veio o cheiro de manteiga, só podia ser da torta que vi preparada na cozinha à tarde, aquela massa gordinha fazendo um relevo xadrez debaixo de meus dedos.

– Não se coloca a mão em comida que os outros vão comer!

Um sapato escuro e pesado mexeu-se levantando poeira do tapete amarelo espesso. Senti um formigar na ponta do nariz:

– Atchim!

Vi o rosto da minha mãe:

– Gabriela, o que você está fazendo embaixo da mesa? Há quanto tempo está aí?

Tempo suficiente para começar minha investigação do mundo adulto, aquele que surge só depois de colocar as crianças para dormir.

José Carlos Honório

As pessoas conjugam

As pessoas conjugam o verbo ter com a boca inchada de prepotência e orgulho.

As palavras se desprendem da garganta com a arrogância do sem-medida e as nuvens num céu pardacento e duro observam.

Melhor será caminhar em linha não tão reta para a direção da veia, do líquido, do que tem sentido.

A vida, aos pedaços, deverá ser reconstruída, ressignificada e com afagos postos.

O vento, comandado por Éolo, que sopre em todas as direções do corpo da criatura humana para que o centralize e equilibre.

Hoje é dia de penitência. Ajoelho, nesses dias, mais cedo.

Abocanho aos poucos, vez a vez, a comida posta e muita água bebo, até me fartar.

Com os joelhos doloridos, perdões dados e entendidos, alinho meu corpo na reta parede e fantasio um voo raso de ave que sabe o trajeto.

Meu calendário, como o das aves, é composto com esse perfil:

Janeiro, jabuticaba nos bolsos.

Fevereiro, turbante na cabeça quente.

Março, peixe que evapora sozinho.

Abril, chapéu do meu pai pendurado na cabeceira.

Maio, girafa engole o leite.

Junho, meus dedos girando em folguedos.

Julho, água da bica que nunca seca.

Agosto, mais de mim em cada maquiagem.

Setembro, renascer em sangue, água e benzeções.

Outubro, vela que nunca apaga.

Novembro, céu que se despeja em meu braço.

Dezembro, posso te esperar?

O vento que sopra todos os meses do ano no planeta alivia a dor humana e precisamos compreender que, ao dar as mãos para que o vento atue em nossos poros, o céu fica mais baixo, a água fica mais cristalina, a terra permanece fértil, o fogo cristaliza nossa alma em energia vital e tudo que é verde nos transforma.

A vida natural e abundantemente é soprada em nossa boca.

Serão sereias o que vejo em cima daquela nuvem amarela?

Preciso descansar. Acalmar meus membros. Preciso não precisar. Aliás, o contrário disso: prescindir.

Levanto novamente meus olhos e o que vejo não é mais aquelas sereias naquela nuvem amarela e faiscante.

Vejo apenas meu rosto sendo engolido por ventos macios, como castelos de areia sendo absorvidos, lentamente.

Eu me deixo ser e me deixo ser levado pelo meu calendário, dia a dia, hora a hora até não mais me enxergar e não mais saber do que se diz.

A capa da sereia era branca?

Libero

Josie Conti

Anestésica perspectiva, periférica liberdade

Almas amortecidas perambulam pela rua opaca. São tempos anêmicos e rastejantes. Onde deveria existir vida, há apenas desconectados encontros e olhos fugidios. A rotina traz concreto demais às ruas e ao olhar. O cimento nos olhos arranha e dói.

Ressentida pela falta de luz, a vida reage num último estrebuchar de carne pulsante. O único som possível é preenchido pela raiva. Há muita raiva. Há raiva de tudo e de todos.

Descrença é fruto da desilusão, já sabemos; mas se um dia os grandes céticos foram os antigos românticos, hoje impera apenas a tristeza sem referenciais. Não há luz no fim do túnel e nem beco que se abra a uma esplêndida praça. As cortinas já não se abrem para o início do espetáculo. Ao contrário, elas desmoronam e esmagam toda e qualquer possibilidade de fantasia. O passado glorioso a ser reverenciado já não passa de um desfile de figuras caricatas e exemplos toscos de tempos idos; tudo é irreal e a memória é preenchida por fatos reinventados.

Quando a escuridão é tamanha, até a mínima luz pode macular os olhos. A falta de luz, então, ecoa e reverbera no outro a dor de uma anestésica perspectiva. Nada se vê.

Assim, o caminhar segue sem música de fundo; entre grosserias explícitas e veladas. A reluzente cristaleira só serve para anteceder a quebra dos pratos. Sobraram só os cacos.

Mas há cacos e dos cacos reorganizados há de surgir o brilho de uma periférica liberdade. Da prisão que vive mergulhada na escuridão, talvez emerja a fagulha da recriação. Dos mais doentios momentos há de surgir a total e completa ressignificação da realidade. A prisão também liberta.

No atual contexto, afinal, talvez os olhos possam ver melhor as sombras que a totalidade de uma luz, cujo brilho ainda é impossível conceber.

E se um toque ainda assusta, tente apenas olhar para mim.

Não espero muito, mas ouso acreditar que a partir desse pouco possa nascer a minha totalidade.

Laís Barros Martins

Sobre ausências e outros vazios

Sintaxe

André, meu filho, foi morto a tiros.
, , já não está.

A ausência, de tão improvável, foi capaz de aproximar duas vírgulas.

Proficiência da falta

Desaparecidos, os sujeitos de repente indeterminados que seguem sendo apenas na memória de quem fica. O mistério de uma invisibilidade sólida prostrada ante qualquer movimento, uma visita permanente sentada à mesa sempre no lugar desocupado por quem está, sem estar. A ausência materializada, o apagamento presente. Na desordem inerte dos dias do não saber, inventa-se uma linguagem própria jamais ensinada, apenas pela dor aprendida.

Digitais

Está ainda na maçaneta da porta de saída pela qual não voltará a entrar; e continua na barra de segurança do ônibus quando ainda confusa e muito triste ia embora; na torneira do chuveiro do banho infinito que precisava para escorrer a tristeza pelo ralo; na faca que corta os legumes e na panela que enche de água para cozinhá-los na tentativa de reproduzir a sopa da mãe que lembra a da vó para curar corpo ruim de alma extraviada; nas páginas do livro que enfim pretende acabar de ler, mas não consegue se concentrar; nas fronhas dos travesseiros molhados das lágrimas que choram a falta de jamais voltar a tocar a maçaneta da porta pela qual nunca mais voltará a entrar, e o corpo dele, que, ausente de toques desde há pouco, logo se adaptará a outros que o farão sorrir tão cedo de novo.

Resistência

Ontem morri duas vezes. Primeira não senti por já estar habituada a morrer vez em quando. Mas não foi igual depois. Teria sido definitivo não fosse a pouca coragem de ir embora. Humilha-se demasiado por morrer e continuar como se esperando por uma dor que não abandone ao acordar. É de pau a pique a estrutura que me sustenta. Quando as paredes ruírem enfim depois de tanto escorar, assim estarei morta. E terei ido, sem voltar, pois casa já não há.

Carnavalamar

Da janela, parecem alegres os que vão fantasiados de alegria. Se se acessa os vãos, logo nota-se que chove tristeza escorrida pelas paredes dessa casa que é casca e que não convida a entrar, só entrever pelas frestas da janela de onde parecem alegres aqueles que se fantasiam de alegria. Se se aproveita o breve lapso em que o tempo se descuida, é possível acessar momentaneamente o que o outro é, e então se permite que coincidam entre si. Um dia foi possível sondar pelos rachões do ser o que era ele, o alegre pierrô de máscara. Espiei, e não pude acreditar. Era como a multidão: apenas alguém tentando ser. Juntos seguiam em solidões acompanhadas pelas ruas que se colorem de repente e não mais do que uma semana de confetes e serpentinas até o cinza prevalecer.

Rudá Ventura

Por ora

Criamos as palavras e as usamos por toda a vida, não por compreender todas de fato; mas sim porque, as repetindo, possamos entender, em algum momento, seus significados.

Lealdade. Se desejarmos aprender o que apenas letras não exprimem, será preciso pedir a outra espécie que nos ensine, pois seu sentido mais pleno não se encontra na nossa.

Há pessoas leais e outras não, mas o mais nobre dos homens não seria ainda mais leal do que um cão.

Ao conhecermos um cachorro e conquistarmos seu afeto, entendemos, realmente, o significado de lealdade.

Se preciso, ele dá sua vida por nós... Não porque lhe falte inteligência, mas porque lhe sobra sensibilidade.

Há palavras que ressoam mais fortes, quando ditas em silêncio, e há olhares que nos fazem escutar.

Criamos as palavras e nos julgamos sábios por usá-las; mas a sabedoria não é a virtude do domínio, e sim, da vivência.

Qual valor há naquilo que se repete em letras, mas não em atos?

Lealdade... respeito... humanidade...

Por ora, repetimos.

Saulo Pessato

O inesquecível primeiro beijo que não dei

Eu tive muitas oportunidades de beijar uma garota pela primeira vez antes dos dezesseis, mas desperdicei todas. E não foi por falta de paixão ou vontade, que bastava um olhar de bicicleta ou tabuada esquecido em mim, na rua ou na sala de aula, e eu já chegava em casa com o amor da minha vida descoberto. E olha que eu não tive o menor medo de tirar as rodinhas da bicicleta ou de responder quanto era sete vezes oito em voz alta na classe, mas pedir para alguém ficar comigo e finalmente beijar na boca me causava parkinson juvenil. Não sei por que tinha tanto receio de experimentar o que tantos outros meninos e meninas já haviam descoberto e que consideravam o fim da infância e o início da adolescência: só falavam sobre isso e como se fosse a coisa mais importante na vida. E era mesmo! Primeiro-beijo é tão mais gostoso que andar bicicleta e tão menos problema que tabuada e eu realmente desperdicei muitos antes dos dezesseis.

De todos os primeiros-beijos que eu desperdicei na vida, há um que considero inesquecível. Foi na sexta-série. Ela se chamava Cíntia e àquela altura da vida já conhecíamos o equilíbrio de toda tabuada e a matemática da bicicleta sem rodinhas. Trocávamos muitos bilhetes e olhares diariamente, pois naquela época não existia celular e as paixões vinham com caligrafia e brilho pessoais. E como ela me olhava e me escrevia lindo!

Um dia, no caminho para a escola, pedi para meu pai comprar uma caixa de bombons no mercado porque tinha um aniversário. O motivo do presente era mentira. Cíntia fazia aniversário em março e o fato ocorreu num dia doze de junho – e como sabemos em que série eu estava e que eu estudava no período da tarde, poderíamos, hoje, facilmente, precisar não apenas o ano, mas o dia e a hora em que não dei esse primeiro-beijo. O fato é que, neste dia, trocamos somente um bilhete antes do recreio: "Me espera na classe quando bater o sinal, que eu tenho uma surpresa para você"; e "Ai, ai, ai, o que você está aprontando?". Também foi só um olhar trocado depois desse bilhete, o que era infinitamente pouco perto dos outros tantos nos outros dias. E esse foi o estopim do meu desespero. Será que ela não me ama e eu entendi tudo errado? Será que eu caí de bicicleta na tabuada do oito?

Bateu o sinal e meu coração quase parou. Levou mais tempo para todos saírem da sala do que todo o dia levara para transcorrer até ali. A menina permaneceu na carteira, fingia escrever no caderno, dava sua total concentração às letras... E eu, na minha colossal insegurança, quis acreditar ainda mais que ela realmente não me amava e que agora até me ignorava. O último figurante saía da classe e eu tremia tanto quando me levantei, que pensei que meu corpo fosse despedaçar e cair pelo caminho feito os bombons sortidos que eu carregava numa caixa sem embrulho de presente enquanto ia ao seu encontro. Quando ela percebeu a minha aproximação, levantou-se e caminhou na direção da porta como quem vai embora distraidamente; como quem sai para o recreio

Libero

como todos os dias; como quem não tivesse trocado bilhetes e olhares o semestre inteiro e não tivesse recebido um de cada, naquele dia, dizendo especificamente para ficar... Como se não tivesse decidido ficar até agora.

Segui seus passos em silêncio (o que dizer?) e por um momento achei que teria de comer uma caixa inteira de bombons como lanche no recreio: engolir toda aquela história, os olhares, os bilhetes, o amor da minha vida... mas no último segundo, no último passo antes da porta, ela se virou e sorriu. De tudo que Cíntia me dava, a atenção dos olhares, os bilhetes, nada era mais apaixonante do que seu sorriso de aparelho nos dentes, que parecia coligar a boca aos olhos e aos ombros de modo que sorria com todo semblante e corpo.

– Isso aqui é pra você. – Nem sei se foi isso mesmo o que eu disse. Estava tão nervoso com o momento, que não lembro nem se falei qualquer coisa. Só sei que entreguei a caixa e ela sorriu assim: completa e verdadeiramente. E disse:

– Nossa... como você é fofo e maravilhoso. Como eu posso retribuir?

Eu nem contava com essa oportunidade única de dar um primeiro-beijo. "Como eu posso retribuir?" Hoje penso nessa sentença e rio comigo mesmo. Qualquer garoto menos idiota teria beijado, mas todo o nervosismo que descrevi há pouco não era sobre uma possibilidade de primeiro-beijo e não aplicaria também a esse dia, a esse momento especificamente, não fosse por essa frase.

"Como posso retribuir?"

Cíntia tinha mantido, até ali, todo o equilíbrio de quem se prepara para um ato que deve ser realizado em segredo, longe dos olhos dos adultos. Foi calculista nos gestos e nas atitudes, dentro da sala de aula, até que todos nos deixassem a sós, e agora sim respondia aos meus questionamentos. Segura! Segura como a caligrafia em seus bilhetes. Segura como os seus olhares. Segura como o aparelho nos dentes de uma boca que provavelmente já tinha beijado antes e sabia como era bom. Sua resposta, que era uma pergunta, deixava a porta aberta para uma ação. Uma porta aberta para a adolescência. E eu, que nunca tinha beijado e tinha os receios multiplicados pela insegurança, apesar de ter em Cíntia o amor da minha vida da sexta-série, não a beijei.

Não sei se o primeiro beijo marca mesmo o início de uma fase, talvez não estivesse pronto para deixar de ser criança. Só sei que lhe respondi que, com aquele sorriso, ela já me dava tudo de que eu precisava. E saí. Acho que eu estava pronto era para ser poeta.

Beto Furquim

Amazônia em São Paulo

PROI
A ENT
PESSOA

Coletivo Carvão - Emanuela Boccia, Felipe Rezende, Guilherme Almeida, Marina Alfaya, Mário Vasconcelos, Ricardo Bezerra e Zé de Rocha. Colagem gráfica de Guilherme Almeida (*acima*) e Zé de Rocha (*abaixo*) a partir de imagens do grupo. Salvador, BA, 2019

DE TUDO A NADA

Marcelo Girard

Uma resenha do livro *Z a Zero*, de Wilmar Silva[1]

Bianka de Andrade Silva

Você suportaria e assumiria a indizibilidade, a inapreensividade, a inexpressividade, a insuficiência da linguagem (do que entendemos por linguagem)? Você resistiria ao claustrofóbico e pulsante espaço do nada? É diante desse desafio que se encontra o leitor de *Z a zero*.

Permitir penetrar-se pelo impacto da capa que arfa em vermelho e fere com seu contrastante "Z" e arriscar abrir as dúbias páginas é adentrar numa experiência de leitura convulsionada e sangrenta, é imergir num vazio assombrosamente pleno e ofegante; um nada que nos impõe a atitude frenética e desnorteada de buscar a saída e o signo; um vão que nos afoga, nos sufoca, e, ainda que sem ar, nos sentimos tão apavoradamente atraídos por ele que nele permanecemos em busca de uma fagulha sígnica. A ambivalente pulsão de vida e de morte grita nesse espaço oco que nos impele sincronicamente a fugir e a ficar nele. Se sairmos, o nada deixa o espaço exterior para habitar-nos interiormente, habitar-nos da inquietante, estranha (*unheimlich*) e insanável sensação de fracasso. Se ficarmos, permanecemos sem ar até a morte, em busca de lampejos de obscurida-

1 SILVA, Wilmar. Z a zero. Belo Horizonte: Anome, 2010.

de, diante de uma luminosidade completamente ludibriosa e opaca. Fora do nada de *Z a zero*, somos vivo-mortos. Dentro dele, somos mortos-vivos. Não há saída.

Do poeta, emerge o sangue empurrado por uma prensa de chumbo. À sua pele, não resta caminho ou força impermeável, há que deixar-se verter *a* vida, *em* vida. Do leitor-esponja, clama-se a coragem de absorver o sangue, de degustá-lo gota a gota em seu amargor.

Uma vez aprisionados nessa experiência de leitura, sentimos o horror de não poder fugir dela e, ao mesmo tempo, o delicado e sensível toque do poeta que libertou a palavra da escravidão da comunicação. Não há significados! A angústia que nos habita agora nos transcende, salta de nossos poros para os (in)signos de *Z a zero*. Somos lógicos, impulsionados à sistematização, à racionalização do mundo e de nós; somos seduzidos pelo intelecto a esmagar nossos sentimentalismos e ingenuidades em nome da conquista de um modo de vida (ilusoriamente) harmônico e seguro. Nós nos esmagamos em nossa sensibilidade e, ao nos depararmos com uma poesia tão vertiginosamente sistemática e organizada, tão progressista e linear – ao partir de "Z" a "A", de "0" a "9" e concomitantemente de "A" a "Z" e de "9" a "0" –, nos assombramos pelo que ali é falta, e é exatamente aquilo que de nós lançamos fora.

Mas o que fazer agora ante essa falta que explode?! Essa sensibilidade que não resistiu ao recalque?! Numa tentativa desesperada de elaborar e lidar com essa falta, nos damos conta de que o mundo insigne de *Z a zero* guarda toda e qualquer possibilidade de construção de sentido. O livro é uma explosão semântica inesgotável, ele contém todas as letras e todos os números com os quais podemos fazer infinitas combinações. Nós, leitores-esponja, percebemos agora que o mesmo sufocante espaço do nada é o salvador relampejo de notar que a inquietante e perturbadora leitura do livro e de nós mesmos nos oferece possibilidades de (re)construção. Já temos o tudo de que nos cercamos, já temos a luz tão brilhante que acabou por nos cegar, precisamos agora de rastros de vazio, pois só a partir do ponto zero podemos construir algo. Sair da leitura do livro com esse lampejo de esperança nos dá a sensação de que valeu a pena engolir o amargor do sangue. Sentimos que esse absinto indigesto está pulsando em vida e assim nos esforçamos para segurá-lo em nosso estômago, para não o vomitar e deixar que sua vida se emaranhe em nossa racionalidade alienada e desencantada.

Z a zero é nosso quartinho de bagunça, e estamos ali ante a perturbadora porta enquanto nosso mundinho pequeno-burguês, minuciosamente organizado, nos cerca. Abrir essa porta é nos afundar na avalanche que nos amontoará. Z a zero nos coloca ante o pavor de nós mesmos, nos faz perceber que nossa conduta racionalista e fria levou-nos a possuir um tudo que nos esvai e esvazia. Passados o assombro e o pavor, somos acometidos pelo alento de encontrar em *Z a zero* muito mais que a sufocante avalanche que nos invade. Após termos sido revoltos e desorganizados pela experiência de leitura, sentimos a esperança de que podemos combinar novas possibilidades, podemos nos perder do tudo insosso que edificamos e nos entregar à tarefa de recombinar (ordenadamente ou não) os estilhaços de nossa ruína. Assim, indo infinitamente de z a zero e de zero a z, notamos que o sangue do poeta não é vazio e não foi em vão.

Marcelo Girard

A água nada embacia*

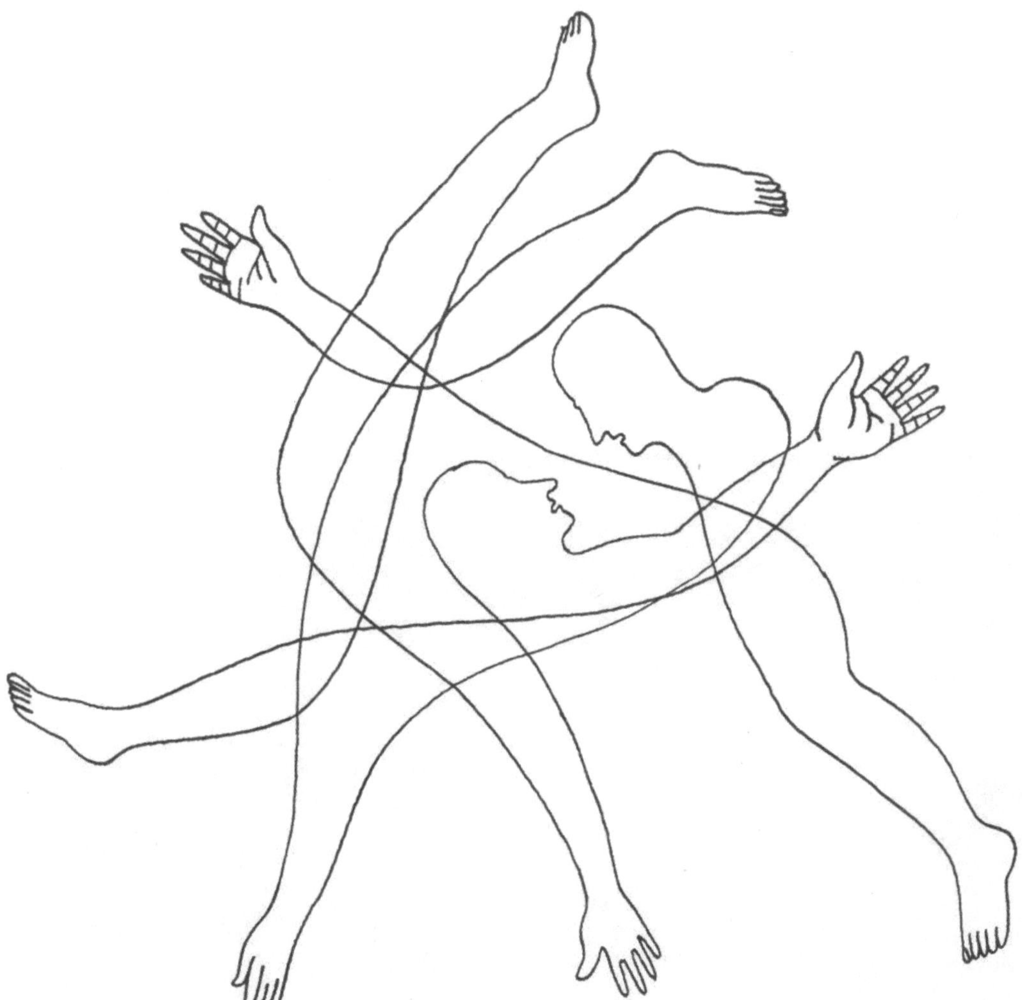

Alex Cerveny

Uma leitura de *Banhei minha mãe*, de Beto Furquim

Diana Junkes

1 Os caminhos da poesia

* Verso de "Paisagem pelo telefone", de João Cabral de Melo Neto. In: *Obras completas*. Organização: Marli de Oliveira. Rio de Janeiro: Nova Fronteira, 1997.

Mesmo que um artista fique em silêncio por algum tempo, a sua arte fica à espera do resgate, e a torcida é para que esse reviver aconteça, seja na linguagem em que usualmente se manifesta, seja em outra, aquela que, no momento do resgate, tem mais a dizer. É ao que se tem assistido com a incursão do músico Beto Furquim pela poesia. Afastado da canção por algum tempo, depois do agraciado "Muito prazer", de 2008[1], Furquim publicou em 2018, pela Editora Laranja Original, o livro de poemas *Banhei minha mãe*, que conta, ainda, com ilustrações de Alex Cerveny.

Nesse contexto, que parece distante do que a vida reivindica, a poesia de Furquim surge como resistência ao silêncio, como acesso ao sentido, nos termos de Jean-Luc Nancy, para ver o que a olha, como ensinaria Didi-Huberman: inaugura uma nova forma de dizer(se). Evidentemente que as fronteiras entre a canção e o lirismo são tênues, ainda mais em uma cultura poética como a nossa, que tanto deve à canção, mas não se trata aqui de um meio termo, os poemas nascem como poemas, e, ainda que possam ser musicados, é na palavra, no branco da página, no silêncio entre os versos que a dança poética se realiza, vem à luz, entre a dor de existir, o escuro da memória, da ruptura, dos amores naufragados, na vida do homem comum, *nel mezzo del camin*.

Confessional sem ser derramada, lírica sem esbarrar na banalização da persona poética, a poesia de Beto Furquim poderá se afirmar, no contexto da literatura brasileira contemporânea, como uma voz singular, que traz da canção a simplicidade, a necessidade de comunicar, e ancora as imagens em alta dicção poética, oriunda de uma leitura da tradição, que o poeta elabora criativa e criticamente, e que ao leitor mais atento não escapará. Aliás, as imagens são o pilar desta poesia.

1 Há referências sobre as canções em: http://www.ritmomelodia.mus.br/2010/02/01/beto-furquim/. O álbum pode ser acessado pelo YouTube em: https://www.youtube.com/watch?v=fmF7LPJEUxY. A canção "Estrela da Manhã" foi finalista do Festival da Música Brasileira da TV Globo, em 2000, com interpretação de Mônica Salmaso. De caráter multifacetado, o CD inclui ainda uma canção cantada em chinês, famosa composição do poeta Li Bai, do século XIII. Data de acesso: 23/7/2019.

Neste ensaio breve, escolhi tratar de um poema que julgo, em seu lirismo e tom confessional, em sua nota de cotidiano entre a melancolia e sua recusa, como se verá, extremamente singular. Trata-se de "Banhei minha mãe". O poema longo, de 48 versos, tem um refrão "Banhei minha mãe", que se reiterará 12 vezes, portanto a cada quatro versos, a cada "quadra", o sintagma se repete. A repetição tanto pode ser lida como o espanto do menino, tornado homem e que banha a mãe senil, quanto como a surpresa do homem que, distante do menino, toca o corpo da mãe, porque ela precisa que o faça, ela precisa tomar banho e sente agudamente o impacto desse encontro.

Entre a surpresa (banhei minha mãe) e a confissão (banhei minha mãe), a abertura do sintagma vai instaurar uma transformação no sujeito poético, um renascimento, um batismo para ficarmos no campo semântico da água – banhei minha mãe e fui banhado – talvez seja possível colocar a leitura nesses termos. Vejamos o poema:

banhei minha mãe

ela pediu
a cuidadora faltou
só tinha eu

banhei minha mãe
não sabia
onde ficavam
suas roupas

banhei minha mãe
vi seu corpo
tão pequeno
só essência

banhei minha mãe
na verdade
era só
começar

banhei minha mãe
pus a mão ensaboada
na vagina

minha origem

banhei minha mãe
ela não quis
molhar
o cabelo

banhei minha mãe
os pelos púbicos
nem todos
brancos

banhei minha mãe
as pernas
resumidas
à metade

banhei minha mãe
os seios operados
não lembram
mais nada

banhei minha mãe
ela disse
que as costas
estavam limpas

banhei minha mãe
adiei
o momento
de desligar a água quentinha

banhei minha mãe
agora
sou capaz
de tudo

(FURQUIM, 2018, p. 118)

2 A vida passada a limpo

O poema, feito de versos breves, começa como uma confissão, urgente. A brevidade é muito relevante tanto para dar conta do banho, da surpresa, dos acontecimentos, quanto porque compõe uma espécie de mosaico da experiência, que só consegue ser inscrita no eu poético e escrita no papel em etapas, como uma montagem de planos de Eisenstein. Aliás, todo o poema é extremamente cinematográfico, visual, plástico, herdando do cinema europeu a agilidade, a surpresa, as tomadas em close, e evita o cinemascope, as tomadas amplas. É na privacidade de um boxe que supostamente toda a narratividade tem lugar, nas cenas em que o câmera-eye capta o instante: "vi seu corpo/ pus a mão ensaboada/ na vagina/ ela não quis/ molhar os cabelos/ pelos púbicos/ nem todos brancos/ pernas reduzidas/ à metade". Observe-se que o corte do verso é extremamente relevante para a composição das cenas e das tomadas e necessário para que o eu lírico suporte narrar a experiência ritualística em que mergulha e da qual vai emergir para dizer: "sou capaz/de tudo". Poderíamos estar frente a uma cena do neorrealismo italiano não fosse o extremo lirismo, a minúcia e o cuidado cênicos que lembram mais as tomadas metonímicas da Nouvelle Vague, do cinema oriental.

banhei minha mãe
ela pediu
a cuidadora faltou
só tinha eu

À confissão do que parece ao sujeito lírico um gesto transgressor, ou no mínimo imprevisto, associa-se a explicação: "ela pediu". Como recusar o pedido da mãe doente que precisa tomar banho? A cuidadora faltou/ só tinha eu. Eram apenas os dois ali, a mãe, muito doente, que tem uma cuidadora que falta, e o filho: ela tem apenas ele, é o que elipticamente se lê em "só tinha eu".

banhei minha mãe
não sabia
onde ficavam
suas roupas

A reiteração do refrão reforça o gesto ora confessional, ora de constatação. Nesse segundo momento do poema, surge um jogo que é muito caro a

Furquim, a elipse. Aqui o modo de dizer oculta outro dizer. E o eu poético assim procede: não saber onde ficam as roupas para vestir a mãe depois do banho equivale também a dizer que ele desnudou a mãe. Assim, elipticamente, o jogo de vestir e desvestir para o banho vai assinalando, progressivamente, seu espanto e a delicadeza dos gestos.

Mas a sensação de confusão de sentimentos e talvez o desconhecimento de coisas de ordem prática deixam-no sem chão à primeira vista, até que "na verdade/era só começar" e ele aprende-se na função de cuidador. Quem dá banho na mãe é a cuidadora, ela sabe onde ficam as roupas, sabe desvestir e vestir, mas ele é apenas o filho tomado do desejo de atender ao pedido da mãe, ela pede para tomar banho. As duas etapas seguintes mostram o ajuste dos gestos, o impasse da cena superado pelo começo pela entrega, da mãe que pede, do filho que atende:

banhei minha mãe
vi seu corpo
tão pequeno
só essência

banhei minha mãe
na verdade
era só
começar

O corpo pequeno, só essência, traz de novo a elipse – mãe aqui será essência do ser, começo, nascimento; ao mesmo tempo, corpo frágil, desconstruído enfaticamente pelo advérbio de intensidade: tão pequeno. Também é importante observar o olhar transgressor mantendo a confissão e o olhar terno que constata a passagem do tempo, a doença da mãe, sua maternidade em plenitude apesar de tudo: "vi seu corpo". A importância da revelação aqui é muito poética, o verso dá o tom da narração, da necessidade de narrar, da urgência de narrar para confessar, elaborar, rememorar, render-se ao acontecimento e dele renascer. Mas este poeta, ao contrário de Orfeu, não será punido por ver o que não poderia ser visto, seu olhar sustentará seu cuidado, sua vontade.

A mim parece que o jogo ocultar/desvelar se reforça pela utilização de sujeito oculto de primeira pessoa – ao longo de todos os versos há um eu que fala, sempre em primeira pessoa, mas este "eu" não se escreve, não se inscreve. E todo começo começa pelo começar, simplesmente assim. Apesar de dizer-se, o sujeito oculto mostra que não é tão simples assim dizer-se. Este poeta que se diz, diz-se, afinal? Parece que sim.

banhei minha mãe
pus a mão ensaboada
na vagina
minha origem

Quando dois amantes se banham, ensaboar o corpo um do outro é um dos gestos mais eróticos, em que mais ritualizam a cena do desejo, desde a Antiguidade, diria até que mais do que o beijo na hora do banho, os corpos ensaboados reiteram uma verdadeira cosmogonia dos afetos. As mãos que deslizam pelo corpo, a espuma, a água, o perfume, tudo nesse ritual hiperboliza o desejo. Mas ler assim esse gesto aqui seria mutilar a sua beleza. Aqui temos um dos momentos mais bonitos do poema, em que confissão, transgressão e erotismo se misturam sem culpa, sublinho: sem culpa, já que a "mãe--tabu", para falar a partir da psicanálise, em livre apropriação, é transformada em "mãe-totem", por isso a origem é encontrada e, inclusive, reverenciada, eu arriscaria afirmar. Entre o gesto guardado do menino que finalmente toca a mãe, do homem que poderia se constranger por fazê-lo, está a mão do filho, que, ao superar essas instâncias, vê na ternura de seu olhar, na leveza com que a mão ensaboada toca a vagina da mãe, seu ponto de partida, seu início, vão, vácuo, escuro, abrigo, de onde vem e para onde poderá ir depois dessa experiência de entranhas. Vale a pena evocar os versos de "Paisagem ao telefone", de João Cabral de Melo Neto, como contraponto:

que estavas de todo nua,
só de teu banho vestida,
que é quando tu estás mais clara
pois a água nada embacia,

sim, como o sol sobre a cal
seis estrofes mais acima,
a água clara não te acende:
libera a luz que já tinhas.

(MELO NETO, 1997, p. 227)

Se a mulher cabralina é a mulher amada e desejada, essa mãe ensaboada pelas mãos do filho é apenas luz, é começo e, em sua fragilidade, mãe feita filha, menina, acende a luz que já tinha, porém não em direção ao desejo do filho, mas à doação de luz a esse filho, ela o dá à luz. Se tomarmos o banho como um gesto de amor, ele devolve a ela o que recebeu, sem esperar nada em troca; para além do erotismo da cena, indiscutível, há que se notar sua transcendência, como em o Êxtase de Santa Teresa, um acometimento epifânico em que a mãe iluminada, feita essência, errância, resto de jovialidade e vagina ensaboada, seios murchos, é quase divinizada pelo olhar tão terno, e ensina ao filho a luz que ele já tinha.

ela não quis
molhar
o cabelo

banhei minha mãe
os pelos púbicos
nem todos
brancos

banhei minha mãe
as pernas
resumidas
à metade

O percurso entre o erótico e o não erótico prossegue do olhar para os cabelos e desce ao pelos púbicos, que guardam ainda a jovialidade – "nem todos brancos" –, dali para as pernas, mas que estão reduzidas à metade. Pulsa a mãe que em sua imobilidade poderá, de algum modo, ensinar, autorizar o filho a mover-se; por e pelo amor que os une, ela lhe ensinará mais esta lição, a lição do afeto que ele toma pelos olhos, que sentem as essências – também as dele, parece-me evidente. Zênite. O banho é zênite existencial. E aí, em contrapartida, percebe-se a infinita tristeza da constatação da desconstrução dessa mãe amada – se não o fosse, o poema, a confissão, o gesto, o olhar não se sustentariam.

banhei minha mãe
os seios operados
não lembram
mais nada

Mãe de seios murchos e ausentes, mãe que não alimenta, não desperta o desejo, mãe em sua essência essencial como cicatriz na memória do filho, como pássaro em suas mãos. Mãe sempre paradoxal. Sim, a mãe que pede ao filho que lhe dê banho não é a mãe doente, é aquela que é livre para ser só o que é, que se esqueceu do que foi e não tem consciência de seu corpo: uma pequena, ínfima mulher, com pernas reduzidas e, poeticamente, âmago.

Mãe que é só uma metonímia da origem, e não mais a metáfora da criação; mãe que é sinédoque das mãos que a tocam e banham e olham e acarinham e cuidam, e não mais a imagem da mulher secretamente desejada nos sonhos edípicos. O olhar, o tocar, o banho se fazem na parte frontal do corpo, no desnudamento do desejo, no que precisa ser visto:

banhei minha mãe
ela disse
que as costas
estavam limpas

A semiconsciência de si que a mãe possui lhe diz que o banho já deve chegar ao fim, que o que se viu basta. Mais do que Édipo, não há pai para assinar na cena, um pai sequer existe ou poderia existir entre esses dois seres do boxe do banheiro; este filho transita entre Narciso, que na água desse banho e nesse corpo materno procura sua imagem, em outras palavras, sua origem, com a voluptuosidade narcísica da mão ensaboada que toca o espelho avesso da origem, a vagina da mãe, lago profundo que o sabão umedece, mas ao mesmo tempo, o eu lírico é um Orfeu bem-sucedido, que com seu (en)canto resgata essa mulher presa no Hades da doença – ela toma banho! Na impossibilidade de ter Eurídice, ele ousa trair o grande Hades e rouba-lhe Perséfone, dá-lhe a clareza, a lucidez, o agasalho da água quentinha:

banhei minha mãe
adiei
o momento
de desligar a água quentinha

Irrompe do fundo do sujeito poético o menino, denunciado pelo uso do diminutivo em "quente" que quebra o tom do resto do poema. É o garoto que tem dó de adiar o banho, o espaço lúdico do encontro, do riso que elipticamente se deduz pelo "adiei", que nesse caso parece sinalizar o adiar do que é bom, do que poderia durar. É na suspensão do tempo que esse banho se coloca para ensinar ao menino que ele transgride a fronteira do toque no corpo da mãe, indo além do desejo, do cuidado, das imposições de ordem prática da vida para descobrir na água, na mãe, no toque o que ele (não) sabia:

banhei minha mãe
agora
(eu) sou capaz
de tudo

Banhar a mãe é como banhar-se a si mesmo, renascer do encontro entre a mãe, sua vagina, a água, seu corpo essencial, a essência do sujeito, nova placenta inventada na água quentinha, cujo fluxo o eu lírico adia interromper, libertar-se de todas as amarras, de todos os tabus, amar(se) complacentemente, como pode ser amado quem banha a mãe. Ser capaz de tudo é também ser capaz do próprio poema, da viagem da escritura, da escritura de um corpo que se vê, que se toca, que se encontra – tocar o corpo da mãe é tocar seu próprio corpo, orquestrar novos acordes, acordar, nas duas acepções desse verbo; como o corpo da mãe, o poema é um corpo que se habita, que habitamos, que nos habita, um corpo que vale pelo que metonimicamente nos lembra de nós a nós mesmos, lembra de nossas ausências, dos impossíveis carinhos, da ausência daquele sentimento oceânico de que fala Freud, a falta do seio. E é porque ele falta, porque a mãe falta, porque a vagina ensaboada não é nada senão a culminância da origem (e isso é tudo) que tudo o eu lírico pode. Banhar a mãe é aprender a dizer(se); desenhar a própria imagem no branco da página abandonando o brilho falso dos espelhos d'água, pois essa água de que se fala, água de corpo e mãe d'água, nada embacia, só acende a luz que o poeta já tinha e com que brinda seu leitor.

O que vem depois, pode-se deduzir, apenas para fechar o ensaio, o abraço da toalha do cotidiano contra o orvalhado dos versos. Na deserotização erotizada (como pulsão de vida) do corpo essencial da mãe, talvez o poeta encontre uma mulher infinita, sua mãe; mas aquela com que sonha, ele jamais encontrará, nem poderia, ela só existe para lembrá-lo de sua falta, do corpo essencial que o abrigou um dia e de que ele se despede, e de outro, de muitos outros corpos, que ele escavará em busca de sua essência sem jamais encontrá-la, aí é que está o desejo a ser transposto. Mas seu poder será maior que essa busca do desejo tanto mais quanto ele se investir da ternura subversiva de seu gesto, pensando-o poeticamente, em termos de deslocamento da libido para a ação criativa, como diria Freud. O desejo, ensina o poema de Beto Furquim, como banho da/na mulher senil, está muito além do corpo, muito; e encontra seus recursos na elaboração existencial da vida, da experiência, nas duas mãos e do sentimento do mundo, na vida passada a limpo, *nel mezzo del camin*.

Por falar em desejo, só resta modestamente desejar que o poema desencerre o poeta e que venham muitos outros. Os olhos que olham esses corpos-poemas agradecem. A poesia agradece, a vida, enfim, fica grande, engrandece.

Marco Prass

Fruto de reflexões e pesquisas desde a adolescência, *A maldade do mundo* é um estudo fotográfico sobre incidentes da vida que desafiam a produção artística – neste caso, o diagnóstico de ceratocone, uma doença rara que prejudica a visão por uma curvatura da córnea. O título remete a um ditado de família que afirma que aqueles que possuem problemas de visão não desejam ver "a maldade do mundo", o que também traz revelações acerca da cosmovisão do artista.

A maldade do mundo

Desenhos sobre Polaroid / 2019

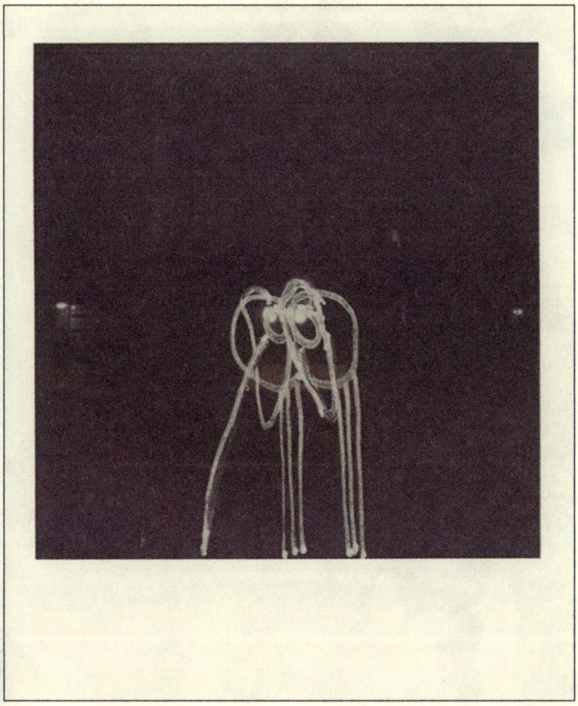

COMEÇO

...nem te conto, mana, como foram estes meus primeiros séculos... Nem poderia seguir para a tal da biografia, a minha, a biografia de Belém, sem ler para ti as notas que tomei desta gente, do Antônio Vieira, de Dalcídio Jurandir, do Antônio Baena, do Daniel Kidder e de tantos outros... Maninha, sou esta cidade de nome mais comprido que a cobra-grande que mora debaixo da catedral. Taí: Santa Maria de Belém do Grão Pará; Belém, para os íntimos.

Notas para uma biografia de Belém do Pará

João Meirelles Filho

Cucura-Purumã, pinturas de **Helena Simões**

I O motivo de tudo

O Espírito-do-Potosi

Belém era pra ser a Cartagena dos Portugueses. Mas os lusitanos não tiveram a mesma sorte do Reino de Espanha, que, logo à primeira hora, encontrou prata no Cerro de Potosi, atualmente na Bolívia. E, claro, sua primeira atitude foi escravizar os povos andinos. Esses portugueses, incorrigíveis, demoraram duzentos anos para bamburrar em nosso Brasil. Desde o princípio os lusos sabiam – bastava descer os rios Iténez, Madeira e Amazonas para bater em Belém. O jesuíta João Daniel, em 1780, galhofava sobre a nossa Belém: "Já corre entre eles uma como profecia, de que a sua cidade se há de vir a chamar o Porto do Ouro" (DANIEL, 2003).

II Querem descrever minhas águas e terras...

Rio-me de tantas águas

1653, em carta do jesuíta Antônio Vieira: "são estes homens uma gente, a quem os rios lhe roubaram a sua terra [...]. E é admirável a propriedade desta diferença, porque em toda aquela terra, em que os rios são infinitos, e os maiores, e mais caudalosos do mundo, quase todos os campos estão alagados, e cobertos de água doce, não se vendo em muitas jornadas, mais que bosques, palmares e arvoredos altíssimos, todos com as raízes e troncos metidos na água" (VIEIRA, 1998, p. 300-1).

Floresta

Em 1858, o médico alemão Avé-Lallemant admirado: "Quem quiser apreciar um quadro completo dessa superioridade, dessa onipotência da Natureza no Pará; quem quiser haurir a largos tragos na sua cornucópia, na qual a ininterrupta torrente derrama suas bênçãos, sobre o mundo vegetal, siga pelo gigantesco rio até qualquer ponto nas muitas ilhas do continente, olhando em torno até onde puder enxergar na escuridão da floresta" (AVÉ-LALLEMANT, 1980, p. 32).

Doces águas doces

Flutuo no maior delta do planeta, águas dos Amazonas, Tocantins, Guamás... E o marajoara Dalcídio Jurandir quem me conta: "A cabeça do Amazonas metia-se pelas entranhas do monstro oceano, lançando-lhe lama, limo, raízes, troncos, náufragos, ilhas, lendas e o feixe de seus rios" (JURANDIR, 1960, p. 57). E mais belenense dos escritores, Haroldo Maranhão, assim inicia o seu Rio de Raivas: "O rio não tinha amizades nem inimizades... Castelo Branco que veio pilhar e escravizar índio." (MARANHÃO, 1987, p. 8).

III Roubam-nos as almas os nossos corpos

Por que nos simulacram como índios se somos veramente escravos?

Bem sei que os luso-brasileiros sempre exploraram e extorquiram os povos originários. Do primeiro historiador a viver longamente em Belém, Antônio Baena, na década de 1840: "Fazem paz com eles os homens silvestres; e o auxiliam a conglutinar na sua amizade todos os mais selvagens comarcãos; a plantar uma fortaleza que o sustivesse dentro daquela vastíssima espessura habitada de imensas variedades de homens bravios." (BAENA, 1969, P. 23).

Soldados

Estes lusos malinaram com a gente, tornamo-nos inimigos dos inimigos deles: essa "massa indiana das aldeias, e acoroçoando-a para que cooperassem na expulsão do inimigo comum (sobre os outros europeus)" (BAENA, 1969, p. 30).

Serviçais é que somos

De primeiro, "as Câmaras de São Luís e Belém sempre reclamando a falta de índios para seu uso, para fazer cessar o grande mal da deficiência de indianos serviçais que pesa sobre os povos" (BAENA, 1969, p. 101). Fomos seis milhões de escravizados! É o João Daniel quem me contou, e, pelo jeito, ninguém se comove (DANIEL, 2004).

Repartido

Éramos tantos a escravizar que criaram a profissão de *repartidor dos indígenas* e contrataram estes frades para isto – "que devem servir e ser pagos na forma do capítulo (n.a. *bláblábláb*) do regimento dos governadores, com a nomeação de um padre da religião a que tocar por turno e de um oficial militar para as entradas nos sertões ao resgate de escravos quando sejam necessários" (BAENA, 1969, p. 85).

Amaro sacrifício

Sempre insaciáveis – Em 1681, "Manifestam os habitadores íntimo descontentamento vendo uma nova repartição dos Tapuias libertos, a qual ao mesmo tempo veda absolutamente os cativeiros. Esta disposição exige deles o mais amaro sacrifício das suas precisões e interesse, porque todos consideram que não podem ter posses se não pelo suor dos Indianos, e por isso jamais deverão de pôr em prática tudo quanto a sua ambição lhe sugere para dominar os homens dos matos e constituí-los em classe operária, que satisfaça as suas necessidades, prazeres, caprichos e vícios" (BAENA, 1969, p. 109).

Apanha

E, a prover, para que não faltasse o servo da terra por qualquer meio, guerras justas, descimentos, aldeamentos, resgates: "de quando em quando, servindo-se da indústria das entradas nos sertões do Amazonas, ao resgate de escravos adoça a rigidez para não exacerbar os ânimos" (BAENA, 1969, p. 32).

Amansadores

Bastavam os religiosos e que cuidassem para "que os Aborígenes domiciliados não procurem descurvar a cerviz ao jugo de Portugal; e finalmente sobre a necessidade de repor os Tapuias nas Aldeias e Roças, de que os tinha distraído a revolta do Capitão do Estado" (BAENA, 1969, p. 101).

Rede para mulheres

Do tenente inglês Henry Lester Maw, até redes carregamos: "Raras são as mulheres de famílias importantes que se mostram às ruas no Pará. Quando uma senhora visita uma vizinha, o faz em uma rede carregada por homens, e com cortinas para que não se possa vê-la" (MAW, 1829, p. 403).

Bispo Noronha (1768)...

E sempre estão os religiosos a nos tornarem menores, inferiores, exóticos: "Não são antropófagos, nem idólatras. A sua religião é nenhuma. Há, porém, entre eles pitões ou feiticeiros que só o são no nome, fingimento e errada persuasão" (NORONHA, 2006, P. 23).

VI A borracha, mais um motivo para se servirem de nós

Quem trabalha

Somos nós, os povos da terra. Em 1851, o tenente norte-americano William Lewis Herndon, a mando de congressista daquele país para forçar a navegação do Rio Amazonas: "mas o principal charme do Pará, assim como de todos os lugares tropicais, é o *dolce far niente* (o não fazer nada). Os homens, nestes países, não são ambiciosos. Eles não se constrangem, como os seus equivalentes masculinos dos climas frios, em ver os seus vizinhos progredirem mais que eles. Eles se contentam em viver e desfrutar, sem trabalho, os frutos que a terra, espontaneamente, lhes oferece" (HERNDON, 1953). Nós, os remeiros, pescadores, caçadores, carregador de água e penicos; carpinteiros... E as mulheres, "índias leiteiras e farinheiras se pedem para todo serviço" (DANIEL, 2004, p. 660). Morremos com cinco, no máximo, dez anos de serviço, da comida pouca e do maltrato!

De pequena vila a porto internacional

Em 1840, o pastor anglicano Daniel Kidder registra os primórdios da era da borracha: "várias pessoas que moram no arredor do Pará colhem a goma elástica e preparam-na em pequena escala [...]. Atualmente a região amazônica atende a todo o crescente consumo desse material, e, provavelmente, ainda o continuará fazendo por muito tempo" (KIDDER, 1980, p. 195).

Belle Époque ou A lei da Potoca

A era da borracha, do fim do século XIX a 1912, foi período de forte escravização e exploração de populações tradicionais: "seria injustificado o pseudossaudosismo que se instaurou na Belém ou Manaus atuais, cultivando um período *Belle Époque* que jamais perfumou além de meia dúzia de casarões, hoje assombrados. Quiçá estes poucos casarões que remanescem não deveriam ser compreendidos como epitáfios, monumentos à estultice, à extravagância, um lembrete que a floresta, como um dístico, engole aqueles que não a decifram e dela se querem aproveitar, esta mesma floresta que devorará os seringais plantados por Henry Ford em Fordlândia e Belterra, ou a fábrica de celulose do Jari, de Daniel Ludwig, ou a Transamazônica dos coronéis do golpe militar brasileiro" (MEIRELLES, 2009).

Desmatamento ou desmentimento

É de 1859, do pintor francês Auguste Biard, em busca de florestas nos arrabaldes de Belém: "no que me diz respeito às matas virgens a que me destinaria para apanhar fotografias ou pintar", ele sentenciara: "Matas virgens? Não há mais, a não ser no fim do mundo". (BIARD, 2004, p. 133)

VIII Do Ver-o-Peso, espelho da Amazônia

Mercado

O mercado é o espelho. Em 1841, Kidder comenta: "[no] desembarcadouro principal da cidade, há, geralmente, grande número de canoas atracadas. Essa cena, movimentada pela turba indígena que fala os mais variados dialetos amazônicos, é peculiar à cidade. Percebem-se aí carregamentos de castanhas do Pará, cacau, baunilha, urucu, salsaparrilha, canela, tapioca, bálsamo de copaíba em boiões, peixe seco em pacotes, cestas de frutas de infinitas variedades, tanto secas como verdes. Encontram-se, também,

aí, papagaios, araras e outros pássaros de rica plumagem bem como, mais raramente, macacos e cobras de mistura com quantidades imensas de sapatos de borracha que são geralmente conduzidos ao mercado suspensos em varas a fim de evitar que se colem uns aos outros. A produção indígena da província do Pará é enorme e valiosa. Se apenas o povo se desse ao trabalho de colher aquilo que a natureza tão prodigamente lhe põe nas mãos, não poderia deixar de enriquecer" (KIDDER, 1841).

O olhar dos naturalistas viajantes ...

Viinte anos depois, um casal de naturalistas, ele suíço, ela norte-americana (e quem escreveu o livro), Louis e Elizabeth Agassiz, escrevem: "a montaria (é o nome que eles dão às suas embarcações) é longa e estreita, e tem numa de suas extremidades uma coberta de folhas secas, debaixo da qual mora a família; é aí que o índio está verdadeiramente em sua casa; aí vivem sua mulher e seus filhos, aí estão suas redes, os utensílios domésticos, os vasos de barro, todos os seus pertences, em suma. Em algumas dessas montarias, as mulheres ocupadas em preparar o almoço, ferviam o café ou cozinhavam a tapioca ao fogo" (AGASSIZ & AGASSIZ, 2000, p. 155).

Da visão paraense

Dalcídio Jurandir, pelos olhos de seu personagem Alfredo, recém-chegado do Marajó para estudar na capital, quer conhecer o mercado: "Ao chegarem ao Ver-o-Peso, lhe apeteceu uma tainha fresca e Alfredo via então, uma nova cidade, agora sem Libânia, meio bruta, que lhe pedia dinheiro em troca de peixe, carnes, frutas e verduras, panelas de mingau, prateleiras de cheiro, dentes de boto, línguas de pirarucu, cascas e raízes, defumações e ninhos de gavião-coré contra mau-olhado, quebranto, contra qualquer gênero de infelicidade" (JURANDIR, 1960, p. 88).

VII A cultura alimentar

O desafio do momento é valorizar a cultura culinária, para que efetivamente favoreça os milhões de excluídos pela colonização aviltante e escravagista. Para que se reconheçam os saberes e fazeres belenenses e paraenses, exercitados em trinta séculos (e não nos quatro séculos de invasão) para que nós, as e os Beléns, definamos o próprio futuro.

Açaí e pirarucu

Robert Avé-Lallemant em 1859: "Açaí e pirarucu, a palmeira na margem e o peixe na água, ambos filhos do rio, tornaram-se no Pará condições vitais para os habitantes ribeirinhos, de maneira que a natureza mesmo desses habitantes se tornou meio vegetal e meio aquática. O homem transforma-se naquilo que come. Quem come sempre e por muito tempo açaí e pirarucu, toma a natureza da euterpe e desse peixe; torna-se verdadeiro filho do rio, uma criatura da água, respirando com pulmões" (AVÉ-LALLEMANT, 1980, p. 56).

Açaí

Avé-Lallemant: Açaí-i, Açaí-i-si! Por muito quietas que estejam as ruas do Pará, embora muitas vezes possa parecer reinar silêncio de morte durante o calor sufocante do meio-dia, ouve-se sempre, a cada momento, o pregão penetrante, percorrendo toda a modulação da escala: Açaí-i, Açaí-i-si! Todo estranho julga ver nesse pregão qualquer remédio para o povo e quando chama a pregoeira de açaí, preta ou fusca, e examina o segredo, encontra numa panela um molho cor de vinho, um caldo de ameixas. [...] Mais ainda do que isso, é, em suma, o principal alimento do povo. [...] Misturam-no com farinha de mandioca torrada e adoçam-no com um pouco de açúcar; um caldo meio ralo, que, na primeira prova, achei logo muito saboroso" (AVÉ-LALLEMANT, 1980, p. 34-5).

Termino em guisado...

Pois, maninha, há que se rever estes raros registros sobre a nossa história. A pouquíssiminha coisa que sobrou – o que não é a voz anódina do colonizador. Na feita que deixamos de aceitar a colonização, o que seremos? Pois há muitas biografias para uma Belém, para as Beléns. Quem sabe, também, haveria livros de receitas, livros de tombo, dicionários, compêndios da prosa boa de ficcionistas e ensaístas honestos... Quem sabe, maninha? Que venham as marés, pelas beiras, por uma biografia capaz de vociferar, despertar os povos originários, os povos e comunidades tradicionais. Enfim, quem tem biografia própria...

Obras mencionadas: AGASSIZ, Elizabeth Cary; AGASSIZ, Luiz. *Viagem ao Brasil:* 1865-1866. Belo Horizonte: Itatiaia, 2000. • AVÉ-LALLEMANT, Robert. *No rio Amazonas:* 1859. Belo Horizonte: Itatiaia, 1980. • BIARD, Auguste François. *Dois anos no Brasil*. Brasília: Senado Federal, 2004. • BAENA, Antônio Ladislau Monteiro. *Compêndio das eras da província do Pará*. Belém: Editora da Universidade Federal do Pará, 1969. • DANIEL, Padre João. *Tesouro descoberto no máximo rio Amazonas*. Introd. Vicente Salles. 2 v. Rio de Janeiro: Contraponto/Belém: Prefeitura Municipal de Belém, 2004. • HERNDON. William L. *Exploration of the Valley of the Amazon*. Nova York: Grosset & Dunlap , 1953. • KIDDER, Daniel P. *Reminiscências de viagens e permanências nas províncias do Norte do Brasil*. Belo Horizonte: Itatiaia/São Paulo: Universidade de São Paulo, 1980 [1ª ed. 1845]. • JURANDIR, Dalcídio. *Belém do Grão-Pará*. São Paulo: Livraria Martins Editores, 1960. Vide nota sobre o autor em anexo. • MARANHÃO, Haroldo. *Rio de raivas*. Rio de Janeiro: Editora Francisco Alves, 1987. • MAW, Henry Lester. *Journal of a passage from the Pacific to the Atlantic, crossing the Andes in the Northern Provinces of Peru, and descending the River Maranon, or Amazon*. Londres: John Murray, 1829. • MEIRELLES FILHO, João Carlos. *Livro de ouro da Amazônia*. Rio de Janeiro: Ediouro, 2007. • MEIRELLES FILHO, João Carlos. *Grandes expedições à Amazônia brasileira:* 1500-1930. São Paulo: Metalivros, 2009. •MEIRELLES FILHO, João Carlos. *Grandes expedições à Amazônia brasileira:* século XX. São Paulo: Metalivros, 2011. • NORONHA, José Monteiro de. *Roteiro da viagem da cidade do Pará até as últimas colônias do sertão da província (1768)*. Org. Antonio Porro. São Paulo: Edusp, 2006. • SMYTH, William; LOWE, Frederick. *Navigable communication with the Atlantic*. Londres: John Murray. 1836.

mas isso é poesia?

uma abordagem tipológica da poesia visual*

Philadelpho Menezes

Máquina, 1980.
Poema visual
de Philadelpho
Menezes

É difícil organizar um evento e justificá-lo num artigo cuja resposta à primeira e mais óbvia pergunta pode apenas deixar no ar outra questão ainda maior: afinal, o que é poesia?

Pode-se tentar a via das definições epifânico-líricas e por aí se chegará ao campo florido da magia, onde poesia é tudo que seja poético (e tudo é poético desde que seja poesia). Há o caminho da constatação apriorística, que delimita toda poesia a uma arte exclusivamente da palavra e da versificação. E não faz muito tempo, o "verso livre" não era poesia, mas "arte poética".

* Texto originalmente publicado no catálogo da 1ª Mostra Internacional de Poesia Visual, realizada no Centro Cultural São Paulo em 1988. As citações desse texto referem-se a poemas reproduzidos neste catálogo.

Há, por fim, a opção, deixando as definições mais complexas para outro momento, de tentar vasculhar na babel de linguagens e línguas que constitui a produção da poesia visual uma estrutura arquitetônica subjacente aos trabalhos que revele o porquê do termo "poesia" para nomeá-los.

De início, deve-se entender que o nome "poesia visual", apesar de ter nascido como designação de um movimento específico das décadas de 1960/1970, refere-se a todo e qualquer aspecto de visualidade no poema na acepção que lhe é dada hoje, englobando até mesmo formas poéticas anteriores como a poesia caligrâmica, o espacialismo e o concretismo. A grande variedade de aspectos visuais demonstra como a questão da visualidade é o elemento mais marcante numa poética contemporânea caracterizada pela inter-relação entre as linguagens artísticas, que, de resto, tipifica toda a arte da modernidade.

Por outro lado, é comum o entrelaçamento da "poesia visual" com a chamada "arte postal", o que ocasiona, com frequência, enganos de conceito, já que se confunde "linguagem" com "meio", articulação sígnica com veículo de comunicação. Nem toda "poesia visual" é comunicada por correio, como nem toda arte por correio é poesia visual. E corto, no entanto, que a "arte postal" e suas técnicas de reprodutibilidade baratas, como a Xerox, facilitam o intercâmbio dos poetas por fora do mercado editorial, mas, ao mesmo tempo, acabam interferindo na linguagem dos poemas, pois causam uma sensível perda da qualidade gráfica dos trabalhos, fator preponderante num poema visual, e destacam o caráter desconstrutivista, propositalmente descuidado e quase artesanal que informa boa parte dessa poesia.

Na tentativa de entender a grande babel da poesia visual, faz-se necessária uma abordagem classificatória dos seus tipos, de modo a tornar didática a mostra ao mais leigo observador, ao mesmo tempo que descortine as vinculações históricas desses estilos com as vertentes estéticas antecedentes para apontar suas perspectivas.

A classificação que se passa a fazer, então, não tem a finalidade de catalogar por prazer acadêmico, ou de reduzir os poemas aos seus mínimos denominadores comuns, mas sim o objetivo de comparar para entender, sempre tendo em conta que as diferenças pessoais de poeta para poeta e que fazem a personalidade de cada obra é a própria força das tendências, na medida em que a transgressão dos padrões é a regra da criação.

A opção pela classificação por tipos de procedimento composicional faz com que a obra de muitos autores se dissemine por várias partes da exposição, perdendo uma unidade interna e uma pessoalidade do autor que, se exposta em seu conjunto, lado a lado, seriam destacadas.

Outra finalidade que justifica esse esfacelamento parcial da individualidade do autor é a possibilidade que surge de, a partir da visão por tendências, abrir-se a discussão sobre possíveis caminhos e novas propostas estéticas para a poesia.

A busca de uma tipologia da variada poesia visual baseia-se no tratamento visual dado à palavra, nos modos de articulação entre signos visuais e verbais, enfim, nas diversas maneiras de incorporação da visualidade à poesia. Esse é o critério de análise que norteará a tipologia que passamos a expor.

Num esforço de captação das dominantes comuns aos trabalhos expostos, pode-se dizer que há três grandes blocos na poesia visual: dos poemas em que a visualidade é o próprio aspecto gráfico do signo verbal (frase, palavra ou letra); dos poemas em que a visualidade, a par do aspecto gráfico de letras e palavras, manifesta-se em signos visuais dissociados formalmente do signo verbal; e dos poemas em que as visualidades dos signos visuais e verbais combinam-se formalmente para a criação de uma semântica intersígnica particular.

o visual do verbal

Essa primeira vertente é a mais variada e também a que menos tem vinculação com o movimento inicial da "poesia visual" das décadas de 1960/1970, pois as manifestações de visualidade da palavra são muito anteriores a ele. Os poemas dessa vertente têm no signo verbal o seu elemento central, dominante, e a ele se submetem os aspectos visuais e sonoros. Pode-se dizer que essa vertente tem origem na própria preocupação de se abreviar a separação entre o signo linguístico, seus significados e referencias. Assim, encontramos entre a produção da atual "poesia visual" aquilo que ficou convencionado chamar-se "caligrama" (por influência da obra de Guillaume Apollinaire). Na busca de uma aderência da forma verbal ao tema, o "caligrama" dispõe as palavras na página de modo a representar figurativamente o objeto descrito pelo texto. Forma mais antiga da visualidade (há registro desse procedimento composicional desde a Grécia Antiga), o "caligrama" está presente nesta exposição em poemas que usam da frase ou da palavra para desenhar o objeto (como nos poemas de Sylvia Herrmann e Gregg Zimmer) ou de letras que, perdendo sua significação linguística, assumem outra na representação de uma dada figura (exemplificado em poemas como o de N. N. Argañaraz).

Numa segunda espécie de visualidade do verbal, podemos encontrar poemas em que as palavras se espalham pelo espaço da página, ou de uma maneira solta, onde o branco assume significados variados, ou onde esse espaço é esquadrinhado pelo arranjo geométrico de palavras sonoramente semelhantes. No primeiro caso, que podemos chamar de "espacialismo" propriamente dito (exemplo nos poemas de Andres Athilano ou Francisco Peralto), a origem mais remota encontra-se no clássico "Un Coup de Dés", de Stéphane Mallarmé, e se caracteriza ainda hoje pelo modo bastante livre e subjetivo de arranjar as palavras ou letras no espaço da página.

No segundo caso, a ocupação do espaço é dada por uma ordenação geométrica das palavras e pela semelhança sonora entre elas, a substituir a sintaxe tradicional da frase. Aqui estamos diante do "concretismo" poético, sedimentado na década de 1950, inicialmente no "Manifesto da Poesia Concreta", do sueco nascido no Brasil Öyvind Fahlström, e no livro de poemas "Constelações", do suíço-boliviano Eugen Gomringer, ambos de 1953, e marco da poesia brasileira com a Exposição Nacional de Arte Concreta (1956/1957), o "Plano Piloto para a Poesia Concreta" (1958) do grupo Noigandres, e os poemas "A AVE" e "SOLIDA", de Wlademir Dias-Pino, que não obedeceu a esses padrões de composição exatamente.

Poemas como os apresentados por James Johnson ou Arrigo Lora-Totino (poeta do início do movimento) acentuam a natureza construtiva e estrutural da poesia concreta, em comparação com a linguagem abstrativista informal do livre-espacialismo (contraponto que se fará presente até nas vertentes mais recentes da "poesia visual", como se verá à frente).

Uma terceira espécie da visualidade do verbal está presente na poesia de Thalia, que denominamos "logograma" em homenagem aos poemas do brasileiro Pedro Xisto, também presentes nesta mostra. São poemas em que a letra (não mais a palavra) metaforiza (não mais desenha figurativamente) uma ideia (não mais um objeto físico, como nos caligramas). O "design" do signo verbal é aqui um "diagrama" visual de um significado.

Pode-se notar uma quarta espécie de visual do verbal em poemas que apresentam uma retomada da sintaxe tradicional e do discurso verbal, mas o fazem com um aparato visual sobre a palavra de modo a criar uma "embalagem" do texto. Particularmente forte na recente poesia brasileira, esses poemas chamam cores e formas para reforçar o discurso verbal, tal como postulava a teoria do movimento neoconcreto de poesia, no fim da década de 1950. Podem ser observados, como exemplos, poemas de Valnei Andrade e Miekal And.

Isso que denominamos "poema-embalagem" denota a busca de uma recuperação de riquezas semânticas que talvez só a palavra em sua articulação linguística consiga produzir. Por outro lado, a poeticidade da comunicação fica toda depositada no verbal, enquanto o aspecto visual aparece mais como um reforço de arte-final.

No sentido oposto do "poema-embalagem", caminha o que podemos denominar de "letrismo" (como uma derivação do movimento "letrista" da década de 1940), em que o elaborado tratamento gráfico dado à letra acaba desfazendo qualquer aspecto semântico. A letra sofre um processo de exacerbação visual que libera toda potencialidade gráfica do seu design, como nos poemas de Clemente Padín ou Fernando Aguiar, entre outros. Outras vezes o "letrismo" assume a conformação de quadros geométricos feitos de letras, com a mesma rarefação semântica do primeiro tipo, e que pode ser visto em trabalhos como os de Karl Kempton ou Miroljub Todorovi .

Como última espécie da visualidade do verbal, já nos limites da palavra, onde a textura da verbalidade está esgarçada a um ponto de quase irreconhecibilidade, temos a questão da escritura, da quase-escrita que podemos chamar de "escriturasura" (aproveitando o "*scribbledhobbled*" joyceano).

É uma vertente que se põe em contraponto ao "letrismo" da mesma forma que o "espacialismo" se diferenciava do "concretismo"; enquanto no "letrismo" o desmantelamento da escrita verbal obedece a uma ordenação construtiva da visualidade, a "escriturasura" é marcada pelo abstracionismo informal e se localiza no centro das propostas surgidas no fim da década de 1960 para solucionar a crise da escritura concreta (aqui, ao que parece, como um símbolo das vertentes estruturalistas ou racionalistas da poesia de vanguarda). Proposta teórica da então nascente "poesia visiva" italiana, o que aqui denominamos "escriturasura" incorpora ao produto-poema o ato de fazê-lo, trazendo à tona a origem da própria palavra "poesia" (do grego "poíesis" = ato de fazer algo) como tema central dos poemas.

Clichetes,1980. Poema visual de Philadelpho Menezes

Assim, na "escriturasura" a caligrafia é um índice do poeta e aponta para um gestualismo que desemboca na poesia performática, ao mesmo tempo que assume um indeterminismo e um erro latentes em toda atividade de criação.

Essa "escriturasura" se dá em poemas onde apenas a própria caligrafia está presente (ver trabalhos de Gilberto José Jorge ou Ana Hatherly) ou em obras que contam com desenhos, fotos e imagens compondo o todo com a escritura predominante (como nos poemas de Karla Sachse au Rea Nikonova), o que já prefigura o "poema-colagem", analisado à frente.

Casos especialíssimos da "escriturasura" são os trabalhos de artistas cuja língua de origem propicia, pela própria natureza caligráfica de sua escrita, esse estilo como uma decorrência natural. São os casos de Mohammed S. Saggar com a escrita árabe e de Yutaka Akiya/Mari Imai com o ideograma.

o visual alheio ao verbal

Quando a imagem não é só o aspecto gráfico da palavra, a visualidade se apresenta em fotos, desenhos e sinais gráficos combinados com signos verbais, que, por sua vez, apresentam sua própria conformação gráfica.

Podemos distinguir dois modos de articulação nessa espécie de poesia visual, ambas caracterizadas por uma independência formal entre imagens e palavras. Uma primeira espécie, que denominamos aqui de "poema-ilustração", é tipificada por um descasamento gráfico entre palavras e imagem de modo a apresentar ou o signo visual como ilustração do texto ou o texto como uma legenda da imagem.

No primeiro tipo, há a recuperação da discursividade verbal, como naquilo que denominamos "poema-embalagem". Porém, aqui não é mais o grafismo da palavra, mas uma ilustração do texto que se faz presente, como se pode ver em poemas como os de Harry Polkinhorn e Pedro Juan Gutierrez. Outras vezes, a imagem assume maior importância em virtude da riqueza técnica de sua reprodução e impressão, como nos casos de Sarah Jackson e Liliana Grinberg, e então se pode dizer que o discurso verbal passa a ser uma legenda da imagem, como um título a nomear e adensar semanticamente um quadro plástico.

Esse último tipo abre condições para um estilo especial de ironia verbo-visual em que o texto subverte e glosa a imagem, distorcendo seus significados comuns. É o caso da poesia de Sebastião Nunes e de Antonio Lizárraga.

Além do "poema-ilustração", o descasamento entre imagem e palavra pode se dar sob o princípio da "colagem", em que a articulação entre eles é arbitrária e não visa a recuperação de significados do poema. Pelo contrário, esse tipo, a que podemos denominar de "poema-colagem", propõe a dessemantização da poesia e se situa como uma derivação da "escriturasura", com frequência fundindo-se com ela. Sobre esses dois tipos ergueu-se a "poesia visiva" italiana com suas ramificações (como a poesia metagramática, a arqueológica, a sonora e a performática).

A mesma proposta de privilegiar o aspecto gráfico-visual dos poemas em detrimento das elaborações significativas encontrou, à mesma época, repercussão também nos movimentos do "poema-processo" brasileiro e no "signalismo" iugoslavo.

O princípio da "colagem", criado no cubismo já com a função de afastar as imagens visuais de suas referências externas a sua própria materialidade, aparece na poesia futurista. Se no início do século esse princípio estético buscava representar a rapidez e a simultaneidade informacional trazidas pelas novas técnicas ligadas à eletricidade, o "poema-colagem" atual parece denotar a própria crise de concepção de arte e de poesia. Ao lançar mão de técnicas e linguagens confundidas numa articulação propositalmente caótica em que a apreensão sensorial anula a leitura de significados, o "poema-colagem" corporifica a estética da pós-modernidade, enquanto uma faceta sensorialista da própria modernidade que assalta o panorama de toda a cultura no vácuo das concepções intelectualistas.

Os "poemas-colagem" adentram várias das linguagens que tipificam as outras tendências da "poesia visual", e o faz submetendo as formas articulatórias a uma dominante plástica que faz com que, muitas vezes, a fruição do observador seja igual à que se tem frente a uma obra de artes plásticas. Assim, elementos da "escriturasura" são encontrados nos "poemas-colagem" de William Xerra; o "letrismo" marca a colagem de Stephen Jacob; a performance caracteriza poemas como os de Guy Schraenen; a arte-pop é a base de trabalhos como os de Filimir; e o estilo irônico também encontra espaço nos poemas de autores como Ruben Tani, em especial "On Velázquez".

a articulação verbo-visual

Uma espécie última de "poesia visual" é caracterizada pelo princípio da "montagem" e se assenta sobre a articulação de alguns poucos signos (verbais e visuais) em função de uma recuperação semântica que o "poema-colagem" procura anular. Em mostra realizada em dezembro de 1985 neste mesmo Centro Cultural São Paulo, demos a esse procedimento o nome "poesia intersignos", pois que a função poética da comunicação se manifesta a partir de uma articulação entre signos visuais e verbais de modo a produzir uma forma semantizada.

A "montagem", tal como a definia em sua faceta mais desenvolvida o cineasta Serguei Eisenstein, tem por procedimento uma combinação formalmente motivada (ao contrário da plasticidade livre da colagem) de dois ou mais dados, e tem por produto a criação de um campo de significados que uma leitura atenta deve ser capaz de apreender (ao inverso da "colagem", em que toda apreensão é sensorial e antissemântica).

Também no "poema-montagem" outros tipos da "poesia visual" encontram-se presentes, mas subsumidos a uma construção visualmente mais limpa. Assim, a "escriturasura" é retrabalhada num jogo de sombras e silhuetas com a imagem nos poemas de Michele Perfetti; o "letrismo" é organizado de modo a criar possíveis leituras semânticas nos trabalhos de Mirella Bentivoglio; o anticonteudismo gráfico do "poema-processo" ganha contornos significantes no poema de Neide Dias de Sá; o *ready-made* interferido e usado na construção motivada da montagem de John Furnival; a arte-pop, que sugere a "colagem", é organizada em "montagens" por Richard C.; e a "montagem" comporta leituras de significados mesmo em obras onde não há palavra, como nos poemas de Miron Agafitei e Florivaldo Menezes.

Percebem-se em toda análise tipológica aqui desenvolvida algumas características bastante nítidas. A primeira é que os procedimentos tipificadores se misturam e se entrecruzam a todo o momento, devendo o estudo classificatório detectar a "dominante" do poema, que faz com que elementos diversos se subsumam ao procedimento mais marcante.

A segunda é que, se for possível falar de alguma dualidade num campo de manifestações tão variadas como a "poesia visual", podemos dizer que o "poema-montagem" (ou "poesia intersignos") está para o "poema-colagem" assim como o "letrismo" está para a "escriturasura" e o "concretismo" está para o "espacialismo". Corresponderiam a duas linhas mestras que informam a poética contemporânea; a primeira, de um classicismo intelectualizante de cunho construtivista; a outra, de caráter informal, caógeno, barroco, mais dirigida à apreensão sensorial.

Uma terceira característica geral da "poesia visual" estaria depositada no fato de que ambas as linhas mestras apontam para uma integração total das matrizes básicas das linguagens (a verbal, a visual e a sonora). Mas se essa totalização incorporou a visualidade, fez com que a poesia se esvaziasse do aspecto sonoro que o signo linguístico faz ressaltar no discurso poético.

Portanto, faz parte das instigações que se põem para os poetas visuais a reincorporação do som ao poema. Na vertente do "poema-montagem", essa reincorporação totalizante traria o som não mais como a oralização da palavra (assim como, na poesia intersignos, a imagem não é mais a visualidade da palavra apenas). O som de qualquer espécie (ruído ou música) teria uma função de implantar novos significados na construção de palavras e imagens. Criar-se-ia uma articulação formal entre verbalidade, visualidade e sonoridade, que produziria uma montagem supercondutora, em que a comunicação exigiria do observador um integral aproveitamento dos sentidos em função de uma decifração das hipóteses de leitura do poema.

Arriscando-nos à elaboração de um poema-exemplo para essas propostas, pedimos a licença dos articulistas deste catálogo para usar o canto direito inferior de suas páginas. Aí se verá um poema ("O Inserto") que deve ser manuseado, folheando-se o catálogo de trás pra frente, com a ponta dos dedos em velocidade, fazendo das páginas lâminas de um desenho animado. O movimento ordenará o verso alexandrino: "O inserto bate as asas contra as leis da escrita". O farfalhar das folhas entra como uma informação que, à primeira escuta, é um simples ruído contra a leitura da frase, mas que, em seguida, é o próprio inseto em desespero contra a transparência enganadora do vidro que se materializa pela decifração intersígnica.

É um poema-proposta que bem poderia caracterizar a montagem totalizante de uma possível poesia supercondutora. São instigações que ficam ao fim deste rápido estudo sobre os amplos caminhos da poesia contemporânea.

E nem discutimos o que vem a ser poesia...

Portugal, Revolução dos Cravos, 25 de abril de 1974

Sidnei Schneider

Ovídio Martins, 'não vou para Pasárgada!'

Uma proposição relacionada ao Brasil, que vamos deslindar mais adiante, parece-nos que torna oportuna a abordagem de um caso: o de como a discussão poética de um mote oriundo de Manuel Bandeira foi chave para o desenvolvimento da literatura e, inclusive, nas devidas proporções, para a independência de Cabo Verde. Em nenhum outro lugar se escreveu tanto e se foi tão longe, criativa e criticamente, em relação ao tema da Pasárgada manuelina.[1]

Bandeira registrou em que situação de dificuldade produziu os versos nos quais se refere a esta cidade da antiga Pérsia, hoje sítio arqueológico do Irã: "quando eu morava só na minha casa da Rua do Curvelo, num momento de fundo desânimo, da mais aguda sensação de tudo o que eu não tinha feito na minha vida por motivo da doença, saltou-me de súbito do subconsciente esse grito estapafúrdio: 'Vou-me embora pra Pasárgada!'. Senti na redondilha a primeira célula de um poema, e tentei realizá-lo mas fracassei. Abandonei a ideia. Alguns anos depois, em idênticas circunstâncias de desalento e tédio, me ocorreu o mesmo desabafo de evasão da 'vida besta'. Desta vez o poema saiu sem esforço, como se já estivesse pronto dentro de mim".[2]

A poesia brasileira, lida pelos poetas dos países africanos de língua portuguesa, gerou, nas ilhas de Cabo Verde, ao longo de décadas, uma quantidade de poemas em paráfrase ou oposição a *Vou-me embora pra Pasárgada*. Publicado no Brasil em *Libertinagem*, de 1930, sua tematização ultramarina refletia contradições e embates pela identidade e independência cabo-verdiana ante o colonialismo português, à época da ditadura de Salazar, que dirigiu Portugal de 1932 a 1968, e se manteve, enquanto regime, até 1974. A poesia local tanto problematizou a proposição do poema de Bandeira, que, lá, o que era chamado de "evasionismo", passou a ser designado por "pasargadismo".

Ovídio Martins

Embora não em função de tuberculose, o mal do qual padecia Manuel Bandeira, ou qualquer outra doença, Osvaldo Alcântara (pseudônimo de Baltasar Lopes, 1907-1989) publicou *Rapsódia da Ponta-de-Praia*, na revista *Claridade* n. 5, de setembro de 1947, no qual a voz poética quer se evadir de um arquipélago colonial imerso na miséria: "Eu vou-me embora/ não vou ficar mais/ avassalado/ pelo Astral Inferior,/ vou fugir/ naquele Grange/ ou naquele suíço".[3]

Jorge Barbosa (1902-1971), ao utilizar a palavra "evasão" como um desejo, reafirmava em *Poema do mar*, na *Claridade* n. 8, de maio de 1958, os poetas claridosos e sua revista como adeptos do evasionismo: "Este convite de toda a hora/ que o Mar nos faz para a evasão!/ Este desespero de querer partir/ e ter de ficar".[4] No entanto, poetas escrevem sobre diversos temas e de diferentes maneiras, não sejamos apressadamente estreitos e superficiais. Um poeta e revolucionário como Amílcar Cabral, líder da luta que mais tarde conquistaria a independência de Guiné-Bissau e Cabo Verde, distinguia o grupo, em *Apontamentos sobre poesia cabo-verdiana*, como fundador, o antes e o depois da literatura nas ilhas, embora criticamente apontasse: "As mensagens da *Claridade* [...] têm de ser transcendidas. O sonho da evasão, o desejo de 'querer partir', não pode eternizar-se. O sonho tem de ser outro, e aos Poetas – os que continuam de mãos dadas com o povo, de pés fincados na terra e participando no drama comum – compete cantá-lo".[5] Dos novos da revista *Claridade*, sairiam Onésimo Silveira, destacado poeta e editor de Ovídio Martins, e outros antievasionistas.

Mais tarde, em 1986, ao publicar "Cântico da manhã futura", Osvaldo Alcântara voltaria a insistir no tema, apesar do seu resignado conformismo ter recebido franca oposição do movimento antievasionista e, como verificaremos, de um poema exemplar. Na seção do livro intitulada "Itinerário de Pasárgada" (já publicada na *Revista Atlântico,* de fevereiro de 1947, portanto contemporânea de *Rapsódia da Ponta-de-Praia),* encontram-se cinco poemas: "Passaporte para Pasárgada", "Saudade de Pasárgada", "Balada dos companheiros para Pasárgada", "Dos humildes é o reino de Pasárgada" (de fato, um poema religioso: "Ó Rei! Faz com que eu possa ouvir a música das coisas/ e seja cego para os contornos./.../ Ó Rei! A minha voz é como um hino inexpresso.../ Mas recebe no teu reino/ aqueles que andam a expiar os pecados/ de que todos se esqueceram!") e "Evangelho segundo o rei de Pasárgada". Além desses, na mesma obra, o poema "Há um homem estranho na multidão" faz menção a uma Pasárgada aristocrática: "tocou piano no palácio do Rei de Viena,/ e convenceu príncipes e grã-duquesas a suspenderem a vida/ enquanto ele lhes servia de companheiro e de coragem/ para o território inacessível de Pasárgada...". "Saudade de Pasárgada" é revelador: "Saudade fina de Pasárgada.../ Em Pasárgada eu saberia/ onde é que Deus tinha depositado/ o meu destino.../ E na altura em que tudo morre.../ Cavalinhos de Nosso Senhor correm no céu;/ a vizinha acalenta o sono do filho rezingão;/ Tói Mulato foge a bordo de um vapor; /.../ Na hora em que tudo morre,/ esta saudade fina de Pasárgada/ é um veneno gostoso dentro do meu coração."[6] Alcântara tem saudade de um Éden que ele não conhece, embutida em mero desejo de evasão a bordo de um vapor. Embora saiba que se trata de um veneno, considera-o gostoso.

Tal perspectiva geraria um forte contraponto de Ovídio Martins (1928-1999), dos mais destacados poetas da história de Cabo Verde, a partir da percepção de que se evadir não resolve qualquer problema, apenas mantém as coisas como estão ou as torna ainda piores. Envolvido com a luta pela independência de Guiné-Bissau e Cabo Verde ante o salazarismo colonialista, Ovídio Martins sofreu pena de prisão e exílio nos Países Baixos, onde estavam outros compatriotas. O poema, indispensável em qualquer seleção da poesia africana de língua portuguesa, tornou-se conhecido no seu livro de maior repercussão, precisamente *Gritarei, berrarei, matarei: não vou para Pasárgada*, publicado na Coleção Antievasão, em Roterdã, pela Editora Cabo-verdiana, um ano antes da Revolução dos Cravos, a revolução portuguesa de 25 de abril de 1974 que derrotou o salazarismo e acelerou a independência das então colônias africanas.

ANTIEVASÃO

Ao camarada poeta João Vário

Pedirei
Suplicarei
Chorarei

Não vou para Pasárgada

Atirar-me-ei ao chão
e prenderei nas mãos convulsas
ervas e pedras de sangue

Não vou para Pasárgada

Gritarei
Berrarei
Matarei

Não vou para Pasárgada.[7]

Para os diretores da referida coleção, Onésimo Silveira e Humberto Bettencourt Santos, "a poesia de Ovídio Martins é um canto de amor e de luta, ritmado por uma obsessão constante de libertação".[8] O título homônimo da coleção e do poema deve-se ao fato deste último pertencer originalmente ao primeiro livro de Ovídio, "Caminhada", de 1962.[9]

Baltasar Lopes (Osvaldo Alcântara), sem causar grandes incômodos ao salazarismo nem aos que a ele se submetiam internamente, não foi obrigado a ir para o exílio. Contudo, vários anos depois das referidas contendas, em um balanço pessoal, cobrou de Ovídio Martins uma suposta contradição, por ter este criticado o evasionismo e vivido na Europa, enquanto ele, Baltasar, teria ficado no arquipélago: "se os meus 'jovens' contraditores se tivessem dado ao cuidado de lançar mão de um comezinho bom-senso, não cairiam na bernardice de darem [...] a prova evidente da mais rematada ignorância [...] em dar alfinetadas tendentes a obscurecer a imagem de um fiel cristão que durante toda a sua vida (que já é bem longa hélas!), se dedicou a servir a sua terra como pôde e soube, *título que nem a todos é lícito invocar, sem a mais descarada pouca vergonha*" [grifo nosso]. O suposto cristão Baltasar Lopes não se refere, sequer por um instante, ao que e a quem expulsou Ovídio Martins de Cabo Verde: a ditadura salazarista, seus sequazes internos e a repressora PIDE, cujos maus-tratos deixaram o poeta precocemente surdo. O pesquisador Alberto Carvalho resume: "[Baltasar Lopes], enquanto elemento do grupo *Claridade*, contaminado pelo malefício do 'evasionismo' de Jorge Barbosa, veria o conjunto de poemas 'Itinerário de Pasárgada', do seu pseudônimo Osvaldo Alcântara, infectado pelo mesmo desvio antipatriótico".[10]

Após a Segunda Guerra, surgiram pelo menos três grupos antievasionistas: são tantos poetas que nos limitaremos a citar os do *Suplemento Cultural* (1958) ou da Geração Nova Largada, unidos pelo grito *Não vou para Pasárgada*, como Gabriel Mariano, Ovídio Martins, Onésimo Silveira, Aguinaldo Fonseca e Terêncio Anahory, que se propõem a resgatar a história e a identidade nacional, incitando à ação.[11]

Outros poetas do arquipélago ainda abordariam o tema, como se pode ver nestes versos colhidos pela pesquisadora brasileira Érica Antunes Pereira, aqui brevemente comentados. Filinto Elísio percebe uma mudança: "lusoáfricas berço terço/ o terceto da nova poesia// onde passava a Pasárgada/ passa agora o pássaro da paz" (*A poesia do reverso – Poesia II*). António de Nevada é crítico à evasão: "Raios partam Pasárgada/ E as suas Musas,/ Raios Partam" (*Vozes em uníssono: Cantos III, IV, V e VI*). José António Lopes vê uma queda: "Que empeste o fogo do sacrifício/ que desabe o transversal da pasárgada/ e boceje o cemitério das bruxas/ na hora em que o inferno exalar um bafo quente/ de defuntos sobre o mundo fétido/ dos poetas... Amém..." (*Da Pasárgada a UR-Kassdins*). Nzé di Sant'y Agu, pseudônimo de José Luís Hopffer Almada, parece querer construí--la na imaginação e de fato: "assumir-nos/ como criaturas decentes e dignas/ sob o olhar finalmente compadecido/ da lonjura fraterna da terra prometida/ da distância próxima e tacteável/ de *uma outra terra dentro da nossa terra/ da ilha de todos os poemas*/ pasárgada/ de carne e espírito saciados" (*Parábola sobre o castanho sofrimento*). Mário Lima não sabe onde está: "Meu Deus!/ Onde estou?/ Éden?/ Olimpo?/ Pasárgada?" (*Festival na Boa Vista*). Danny Spínola não vê mais que um aceno: "E tive consciência, então, do longínquo aceno dos delfins,/ Das suas acrobacias e das suas estranhas e místicas melodias/ Em eterno e terno convite à paixão lunar do meio-dia em Pasárgadas de sol" (*Pasárgadas de Sol*). Yolanda Morazzo percebe e denuncia a privatização do que é de todos, mas não vê solução alguma, restando-lhe a fuga do real: "Manuel Bandeira/ foi-se embora para Pasárgada/ eu vou emigrar do planeta/ num tapete voador/ antes da privatização do espaço" (*Fuga ao diabo*). Arménio Vieira é crítico e irônico: "*Polifonte:* não tem pátria, por opção./ Tanto se lhe dá que faça sol/ ou caia neve, nada o aquece/ ou arrefece. Até gosta de Pasárgada,/ que, entre outras coisas,/ é o melhor sítio do mundo/ para se andar de burro" (*Derivações*).[12]

Existe quem queira dulcificar o "evasionismo", achando indevida ou exagerada a libertadora crítica de Ovídio Martins, fundamental, desde que se observem os limites, à vitória da independência. "Era um protesto", se diz dos claridosos, "era um desdém", para concluir adversativamente, "mas não era voltar as costas à cabo-verdianidade". Pode ser, mas só até certo ponto, visto que foi um protesto limitado e, a partir de um preciso momento, grosseira e estupidamente limitante, que a vida e a luta coletiva obrigatoriamente iam alargar até que estourasse. No entanto, quem o diz não consegue desdizer, ainda que de modo tortuoso, que aquela "era a fuga à erosão colonial", ou seja, um freio ao desenvolvimento da poesia e da luta real do povo cabo-verdiano.[13]

Entre nós, Millôr Fernandes publicou no antigo *Jornal do Brasil* a paródia *Que o Manuel Bandeira me perdoe, mas... vou-me embora de Pasárgada*: "Vou-me embora de Pasárgada/ Sou inimigo do rei/ Não tenho nada que quero/ Não tenho e nunca terei". Mas como a Pasárgada de Millôr se parece com o Brasil, "A gente só faz ginástica/ Nos velhos trens da Central/ Se quer comer todo dia/ A polícia baixa o pau/ E como já estou cansado/ Sem esperança num país/ Em que tudo nos revolta/ Já comprei ida sem volta/ Pra outro qualquer lugar/ Aqui não quero ficar", a evasão do mundo idílico acaba parecendo a evasão do mundo real, ainda que se possa supor que o país do qual a voz poética quer fugir seja exatamente o contrário do lugar para o qual ela gostaria de ir, apesar de no poema ser este um lugar não determinado, qualquer outro lugar menos este em que ela se encontra, antevendo-se assim uma proposta de mudança, sendo que é de tal equilíbrio que se constrói o poema. No indefectível lugar de sonho onde tudo caberia, possivelmente para não gerar versos água com açúcar, o grande Manuel Bandeira (ele se considerava um poeta menor), não pôs a mulher amada e desejada e, tuberculoso crônico, lá imaginou não a saúde, mas um tipo de substância que vai da cafeína à morfina, da nicotina à cocaína: "Em Pasárgada tem tudo/ É outra civilização/.../ Tem alcaloide à vontade/ Tem prostitutas bonitas/ Para a gente namorar". A versão de Millôr, "Pasárgada já não tem nada/ Nem mesmo recordação/.../ A droga é falsificada/ E prostitutas aidéticas/ Se fingem de namoradas", acentua que, no mundo real, drogas e prostitutas já existem e não levam a paraíso algum.[14]

Já o moçambicano Rui Knopfli, em *Terra de Manuel Bandeira,* simula aderir ao mote manuelino, somente até o poema ganhar corpo: "Como deixar ao abandono o olhar/ luminoso dessa mulher que eu amo?/ Quem responderá às inquietas/ perguntas de minha filha pequena/ (cabelo curto, olhos de sonho)?/ Quem, no sereno da noite, para as beijar/ com ternura e nos braços acalentar?/ E esta vida, este sítio,/ e estes homens e estes objectos?/ E as coisas que amei e as que esqueci?/ E os meus mortos e as doces recordações,/ as conversas de café e os passeios no/ entardecer fusco da cidade?/ E o cinema todos os sábados, segurando/ com força a mão de minha mulher?/ Eles nem são amigos do rei/ e a entrada lá é limitada./ Por isso é que eu não fujo/ duma vez, pra Pasárgada."[15]

Em outro poema de "Gritarei, berrarei, matarei: não vou para Pasárgada", Ovídio Martins busca tirar o véu de uma mistificação, recorrente também na história do nosso país:

PROCESSO

Não é verdade
    meu irmão
não acredites nisso
A fome que vimos
        gramando
século de riba de século
não foi a estiagem
        que a pariu
Quem é
que mirrou teus seios
        ó mãe!

Quem é
que te estrangulou
    aos dois anos
        ó infância!

A estiagem nada
tem com isso
Quem é
que tempo sem conta
    te vem explorando
terra nossa
Quem é
que nos anos de crise
    te condenou à morte
        povo meu[16]

Um fundo sentimento nacional, reflexo da compreensão de que a identidade cultural, em oposição aos padrões do colonialismo, e a unidade política da nação cabo-verdiana eram fundamentais para libertar o país, atravessa a sua produção literária. Ovídio escrevia em português, mas de modo eventual também em crioulo de São Vicente, meio de expressão popular no plano das relações quotidianas, na literatura oral e nas mornas (canções típicas inseparáveis de danças). Resumidamente, em 1962 publicou "Caminhada" (poemas), em Lisboa, e "Tchutchinha" (contos), em Angola. E, depois do aclamado "Gritarei, berrarei, matarei: não vou para Pasárgada", de 1973, o livro "Independência" (crônicas), já na sua terra, em 1983, do qual selecionamos esta prosa poética:

ILHA A ILHA (trecho)

Cá vamos nós reconstruindo o país. Devagar, é certo, mas avançando. Ilha a Ilha. Dor a dor.

Livres os gestos, mas encontram-se ainda longe nossos jardins suspensos. Deixá-lo. Poesia é agora sentir o futuro-presente.

Foi riscado das nossas estradas a percorrer, o caminho de perdição do serviçal-escravo-contratado. Os capatazes de escravo perderam o emprego.

Cabo Verde está a levantar-se, na força das suas dez ilhas, seus dez versos, suas dez esperanças. [...]

Devagar, a reconstrução nacional avança. Ilha a ilha. Dor a dor. Amor a amor.[17]

Ao preocupar-se com o destino de Cabo Verde, Ovídio Martins não o desconecta da luta progressista na África e no mundo, irmanando-se com os povos de todos os lugares, junto a recordações identitárias do seu país e de si mesmo enquanto sujeito:

POEMA SALGADO

Eu nasci na ponta-da-praia
por isso trago dentro de mim
todos os mares do Mundo

Meu correio são as ondas
que me trazem e levam
recados e segredos

E meus bilhetes
(meus bilhetinhos de saudade)
são suspiros salgados
que as sereias recolhem
da crista das ondas

Nas conchas e búzios
de todos os mares do Mundo
ficaram encerradas
minhas canções de amor

Que eu nasci na ponta-da-praia
Por isso trago dentro de mim
todos os mares do Mundo.[18]

Com a Revolução dos Cravos, Ovídio Martins pôde retornar ao seu país. A 19 de dezembro de 1974, foi assinado um acordo entre o Partido Africano para a Independência da Guiné e Cabo Verde (fundado por Amílcar Cabral, Aristides Pereira e Luís Cabral em 1956) e Portugal, instaurando-se um governo de transição em Cabo Verde, governo este que preparou as eleições para a Assembleia Nacional Popular. A 5 de julho de 1975, foi proclamada a Independência, mesmo ano em que esta ocorreu em Moçambique e Angola, sendo a de Guiné-Bissau em 1973, reconhecida por Portugal em 1974.

A experiência suscitada pelos poetas cabo-verdianos ultrapassou as limitações da literatura local duplamente, porque a libertou das amarras evasionistas e a tornou patrimônio dos países falantes da língua portuguesa e de todos os que se dispõem a traduzir e estudar a literatura africana. Lá, como aqui, o aprofundamento da soberania é condição para que a nação resolva seus problemas e desenvolva de modo criativo o seu país. A poesia tem uma ineludível função social, se conseguir dizer precisamente, com os meios que lhe são próprios, o que só a ela cabe. Ovídio Martins resumia assim a questão: "Luta-se para se amar livremente, em terra livre, libertada. Ama-se para, com ardor redobrado, se lutar pela nossa terra. O amor torna-se, assim, um acto de luta para que a luta se torne um acto de amor. Para amar".[19]

No Brasil de hoje, a ideia de evasão surge principalmente entre os que se iludiram com o neoliberalismo que afundou o país, apesar das variadas promessas em contrário. Proposições de abandonar a pátria ou, esta a mais reiterada, evadir-se para Pasárgada, mesmo quando em tom jocoso, revelam mais do que seus defensores gostariam. É como se, após a destruição econômica da vida de milhões de brasileiros e a consequente vitória do obscurantismo vende-pátria, alguns quisessem lavar os dedos ante a situação que ajudaram a criar. Quando não é difícil perceber que a hora não é de fugir. Mas de lutar.

Notas

1 Ao longo do texto, serão mantidas as diferenças de grafia do português de cada país, em função de dúvidas quanto à uniforme observância do Acordo Ortográfico da Língua Portuguesa nos países que o assinaram.

2 *Itinerário de Pasárgada*, in: BANDEIRA, Manuel. *Seleta de prosa*. Rio de Janeiro: Nova Fronteira, 1997, p. 341.

3 *Claridade*. São Vicente, n. 5, p. 13, set. 1947, apud VASCONCELOS, João. *Histórias do racionalismo cristão em São Vicente, de 1911 a 1940*. São Vicente: Comissão Organizadora do 1° Centenário do Racionalismo Cristão em Cabo Verde, 2012, pp. 204-207.

4 *Claridade*. São Vicente, n. 8, p. 97, mai. 1958, apud CARVALHO, Alberto. "Baltasar Lopes, Osvaldo Alcântara e Pasárgada". *Signótica*. Universidade Federal de Goiás, v. 26, n. 1, pp. 1-29, jan./jun. 2014.

5 "Cabo Verde, boletim de propaganda e informação". *Praia*, n. 28, pp. 5-8, jan. 1952, in: CABRAL, Amílcar. *Obras escolhidas*. Vol. I: *A arma da teoria, unidade e luta*. Lisboa: Seara Nova, 1976, pp. 25-29.

6 ALCÂNTARA, Osvaldo. *Cântico da manhã futura*. Linda-a-Velha: Edições ALAC, 1991, *passim*.

7 MARTINS, Ovídio. *Gritarei, berrarei, matarei:* não vou para Pasárgada. São Vicente: Instituto de Promoção Cultural, 1998, p. 25.

8 SILVEIRA, Onésimo e SANTOS, Humberto Bettencourt, prefácio de *Gritarei, berrarei, matarei:* não vou para Pasárgada. Roterdã: Caboverdiana, 1973, contracapa.

9 MARTINS, Ovídio. *Caminhada*. Lisboa: Casa dos Estudantes do Império, 1962, p. 55.

10 CARVALHO, Alberto. "Baltasar Lopes, Osvaldo Alcântara e Pasárgada". *Signótica*. Universidade Federal de Goiás, v. 26, n. 1, pp. 1-29, jan./jun. 2014.

11 GOMES, Simone Caputo. *A poesia de Cabo Verde, um trajeto identitário*. *Poesia sempre*. Rio de Janeiro: Biblioteca Nacional, v. 23, pp. 263-273, 2006.

12 PEREIRA, Érica Antunes. "Revisitações poéticas: Manuel Bandeira na berlinda dos cabo-verdianos". *Diadorim*. Universidade Federal do Rio de Janeiro, v. 11, pp.182-198, jul. 2012.

13 FERREIRA, Manuel. *O discurso no percurso africano I*. Lisboa: Plátano, 1989, p. 160.

14 *Millôr Online*: www2.uol.com.br/millor/aberto/poemas/014.htm

15 KNOPFLI, Rui. "Terra de Manuel Bandeira, apud Antônio Manuel Ferreira, Variações de Pasárgada". *Alere*. Universidade do Estado de Mato Grosso, vol. 12, n. 02, pp. 317-339, dez. 2015.

16 MARTINS, Ovídio. *Gritarei, berrarei, matarei: não vou para Pasárgada*. São Vicente: Instituto de Promoção Cultural, 1998, p. 13; STOENESCO, Dominique. "Na morte de Ovídio Martins". *Latitudes*. Paris, v. 6, pp. 56-59, set. 1999 análise do poema.

17 MARTINS, Ovídio. *Independência*. Praia: Instituto Caboverdiano do Livro, 1983, *passim*.

18 Ovídio Martins, *Gritarei, berrarei, matarei: não vou para Pasárgada*, op. cit., p. 21.

19 Ovídio Martins, *Independência*, op. cit., p. 49.

COLABORADORES

Alice Yumi Sakai é filha de imigrantes, amante da natureza e das estéticas em geral. Trabalha como cabeleireira, escreve, desenha e lançou o seu primeiro livro de poesia *Jardim de plurais* em 2017.

Ana Aly é formada em artes plásticas e pós-graduada em Comunicação e Semiótica. Trabalha com fotografia, pintura e desenho. Fez diversas exposições e lançou recentemente o livro *Coisias reunidas*, sobre a obra de Philadelpho Menezes.

Beatriz Di Giorgi é advogada e poeta. Publicou em diversas coletâneas, além dos livros autorais *Sentimentos humanos*, com o pai e o irmão, e *Labirinto*, com Alex Cerveny. Também é conhecida pela condução de diversos saraus em São Paulo.

Beto Furquim é formado em Letras e Jornalismo, poeta, compositor e editor. Autor do álbum musical *Muito prazer*, publicou em 2018 o livro *Banhei minha mãe*, de poesia e desenhos, em coautoria com Alex Cerveny.

Bianka de Andrade Silva é crítica literária, doutoranda em Letras pela UFMG, organizou e integrou a publicação de ensaios *Vox Lusus: poetas contemporâneos do Brasil e de África* e lançou os livros de poesia: *Excrementos* e *Desejada dor*.

Celeste Antunes é paulistana, nascida em 1991. Trabalhou como roteirista de cinema e em 2013 publicou o romance *Para quando formos melhores*. Depois de lançar *Calor da hora*, em 2017, prepara agora o seu segundo livro de poemas.

Cláudio Furtado é arquiteto e escritor. Em 2018 publicou o livro *Dez contos*, título que expressava ao mesmo tempo o seu valor de venda e conteúdo. Prepara agora o romance *Liame*, a ser lançado em 2020.

Cristiane Rodrigues de Souza é mestre em Estudos Literários pela UNESP (2004) e doutora em Literatura Brasileira pela USP (2009). Publicou, entre outros o livro acadêmico *Mário de Andrade: poesia, amor e música* (tema de seu pós-doutorado pela IEB-USP, em 2017) e o de poesia *Todo poema é de amor* (2018).

Diana Junkes é poeta, crítica literária e professora de literatura. Publicou ensaios em diversos suportes e é autora dos livros de poesia *Clowns cronópios silêncios* (2017), *Sol quando agora* (2018) e *Asas plumas macramê* (2019).

Djami Sezostre é mineiro do campo, escreve desde a adolescência e através do teatro aprofundou-se na interação entre performance, poesia visual e sonora. Trabalhou em rádio e em 2019 publicou *Óbvio oblongo*, seu vigésimo quarto livro.

Filipe Moreau é editor, poeta, romancista e compositor. Fez mestrado (Literatura Brasileira, 1997) e doutorado (História da Arquitetura, 2011) na USP, publicou livros diversos e está para lançar o seu décimo primeiro CD.

Gabriel Mayor é fotógrafo, produtor editorial e gestor de projetos culturais. Dedica seu tempo à produção de livros, e-books, documentários, lançamentos e exposições.

Gabriela Brioschi é artista plástica, escritora, ilustradora e arte-educadora. Publicou livros didáticos, paradidáticos e de literatura infantil. O livro *Feminino por natureza* (2018) mostra a sua trajetória artística.

Germana Zanettini é poeta, tradutora, editora e venceu alguns concursos de literatura. Em 2017 publicou o livro *Eletrocardiodrama*, premiado como o melhor do ano pela Academia Rio-Grandense de Letras, e que está agora em sua segunda reimpressão.

Guto Lacaz é artista multimídia, ilustrador, designer, desenhista e cenógrafo. Em 2005 publicou o livro *Desculpe a letra*, de desenhos feitos para a coluna de Joyce Pascowitch na *Folha de S. Paulo*.

Helena Simões é modelo, artista multidisciplinar, escritora, doutora em Política, Literatura e Filosofia. Trabalha como curadora e colunista em diversas publicações artísticas e literárias. Em 2013 publicou *Soliloquia*.

Iris Gonçalves é formada em Letras pela UNESP (2010) e pós-graduada em Design Editorial. Editora, revisora, escritora e designer, sempre se interessou por literatura e livros. Em 2018 foi finalista no desafio de microcontos da Sweek Brasil.

Jayme Serva é jornalista, redator, roteirista, editor e poeta. Publicou os livros *Cem sonetos, pouco mais, pouco menos* (2017), *Lucy: uma vida professora* (2018) e *O preço do peixe* (2019).

João Meirelles Filho é escritor e ambientalista, considerado referência nos estudos de Amazônia e seus viajantes. Entre outros publicou *O abridor de letras* e *Rios do Brasil*. Lançará em breve o livro de contos *Aboio*.

Jo de Souza é musicista e poeta. Formada em cinema (FAAP) e piano erudito (Conservatório Maestro José Tescari), gravou os CDs *Você e Eu* e *Um silêncio*, e em 2019 publicou seu primeiro livro de poesia, *A caverna*.

Jorge da Cunha Lima é jornalista e escritor. Foi secretário estadual da cultura em São Paulo e presidente das TVs Gazeta e Cultura. Após *Ensaio geral*, *Mão de obra* e *Véspera de Aquarius*, em 2017 publicou o seu quarto livro de poesia: *Troia Canudos*.

José Carlos Honório é livreiro, escritor, artista plástico, curador de arte, psicanalista e editor. Em 2018 publicou o livro de poemas *A paciência da fruta*, o sétimo de sua autoria, inspirado em amor, natureza e viagens.

Josie Conti é psicóloga e criadora do site *CONTI outra*.

Escreve para diversos canais digitais, além de fazer a gestão de sites como *A soma de todos os afetos* e *Psicologias do Brasil*.

Krishnamurti Góes dos Anjos é escritor, pesquisador e crítico literário. Autor de romances, livros de contos e de poesia, teve o livro *O touro do rebanho* premiado pela União Brasileira de Escritores.

Laís Barros Martins é jornalista e escritora. Teve alguns de seus textos publicados em revistas literárias e lançou, em 2017, seu primeiro livro: *A infância dos dias*, que está para receber uma primeira reimpressão.

Libero Malavoglia é arquiteto, artista visual, cenógrafo e ilustrador. Entre as mais diversas atividades, ilustra a coluna do dr. Drauzio Varella na *Folha de S. Paulo*. Recentemente ilustrou os livros *O médico das palavras* e *Poemínimos*.

Luiz Basile é designer gráfico e artista visual. Em paralelo aos trabalhos de escritório, faz há vários anos, semanalmente, os desenhos de modelo-vivo que ilustram esta revista desde o primeiro número.

Marcelo Girard é redator e designer gráfico. Formado em Jornalismo, trabalha na área de comunicação para dezenas de empresas como profissional independente. Atua há mais de 35 anos no mercado editorial.

Marcelo Soriano é Pós-graduado em criação literária pelo Instituto Vera Cruz e desde 2016 dedica-se exclusivamente às Letras. Em 2019 publicou o romance *Flores de beira de estrada*.

Marco Prass é artista visual, fotógrafo e jornalista. No curso de Jornalismo, se apaixonou pela fotografia. Desde então, se expressa por meio dessa linguagem artística.

Marcos Garuti é ilustrador e artista visual. Seus trabalhos estão em revistas, jornais e livros do Brasil e do exterior. Foi sempre autodidata e já ganhou o troféu HQ Mix de melhor ilustrador. Entre outros, ilustrou o livro *Firmina*.

Marta Nehring é escritora, roteirista e professora, e já trabalhou como publicitária. Tem intensa atuação no audiovisual, área em que ganhou prêmios como codiretora e roteirista.

Miriam Portela é jornalista pela USP e trabalhou em TV, mas seu maior interesse sempre foi a literatura: publicou quatro livros de poesia, 25 infantojuvenis (entre eles o best-seller *Alguém muito especial*) e recentemente lançou *Relato de corpos sutis*, livro de contos em prosa poética.

Nina Guedes é paulistana, formada em artes visuais pela Villa Arson, em Nice. Publicou traduções como *Da imagem que falta aos nossos dias* de Pascal Quignard (2018) e *Potências do falso* de Eric Baudelaire. Sua prática plástica atual inspira-se na escrita.

Patrícia Pinheiro é escritora, revisora de textos na Sociedade Racionalista e trabalha como colunista em diversos sites – entre eles o *CONTI outra, artes e afins*. Gaúcha, feminista, estudou psicologia, gosta de moda, filmes e séries.

Philadelpho Menezes (1960-2000). Poeta visual e sonoro, tradutor e ensaísta, mestre e doutor pela PUC-SP, fez pesquisas na Universidade de Bolonha, tornando-se professor de pós-graduação em Semiótica e Comunicação. Sobre sua obra, Ana Aly produziu o livro *Coisias reunidas*.

Renata Py é paulistana de nascença, nordestina e mineira de coração. Concilia suas aulas de yoga com trabalhos de jornalismo cultural, publicando em diversos veículos. Participou também de coletâneas literárias e acaba de lançar seu primeiro romance, *Firmina* (2019).

Ricardo Bezerra é pintor, nascido em São Paulo. Em 2016, mudou-se para Salvador, onde leciona pintura na Escola de Belas Artes da Universidade Federal da Bahia (UFBA).

Rudá Ventura é historiador, poeta, cantor e compositor. Realiza apresentações recitadas em escolas e eventos literários. Seu primeiro livro de poemas, *Preamar*, foi lançado em 2017.

Samara Porto é poeta e paulistana da gema, nascida no Limão. Empreendedora, está sempre acompanhada de música, literatura, amigos, gatos e chás. Seu livro de estreia *Primevo*, foi lançado em 2017.

Saulo Pessato é professor e escritor. Desenvolve nas redes sociais o projeto Poesia Reclamada, que se tornou a semente do *Jardim das borboletas*, seu primeiro livro de versos, publicado em 2016. Em 2018 publicou *Verso entre virilhas*.

Sergio Basbaum é professor universitário, pesquisador e artista. Lançou dois álbuns musicais e três livros, entre eles *Redesejo – logo haicais e outros poemas*, publicado em 2018.

Sidnei Schneider é poeta, ficcionista, tradutor e ensaísta. Publicou diversos títulos e recebeu prêmios por seus poemas, contos e trabalho de divulgação literária.

Theo Bozon é estudante de Direito no Mackenzie, frequentou em 2015 e de 2018 a 2019 o Atelier do Centro do artista Rubens Espírito Santo (aulas de Estética, Filosofia da arte e prática de Desenho) e fez residências semanais de estudo com o avô, o poeta Augusto de Campos. Em 2016 publicou na revista *Artéria 11*.

Tieko Irii é artista plástica e ilustradora, formada em cinema pela FAAP. Morou no Japão e depois trabalhou como produtora, diretora de arte e cenógrafa. Entre outros, ilustrou o livro *A caverna*, com desenhos que traduzem sonhos, símbolos e sentimentos.

LIVROS PUBLICADOS PELA EDITORA

LARANJA ORIGINAL

Cód. 0736532571304

Editores
Beto Furquim
Filipe Moreau
Germana Zanettini
Marcelo Girard

Projeto gráfico
Marcelo Girard

Produção executiva
Gabriel Mayor

Diagramação
IMG3

Revisão
Bruna Lima e editores

Impressão
Eskenazi

Laranja Original Editora e Produtora Ltda.
Rua Capote Valente, 1198 - Pinheiros
São Paulo, SP - Brasil
CEP 05409-003
Tel. 11 3062-3040
contato@laranjaoriginal.com.br
www.laranjaoriginal.com.br

Fontes Futura - Papel Pólen Bold - Tiragem 500 exemplares - Novembro de 2019

PASOLINI, DO NEORREALISMO AO CINEMA POESIA
Paula Cohen
vou comer brilhantes
para ver se quebro um dente
AMORES CARNAVAIS
eletrocardiodrama
GERMANA ZANETTINI
vibração descompasso
Cem sonetos, pouco mais, pouco menos
Jayme Serva
A ORIGEM DO AMOR
Adriana Brunstein
PANCHO VILLA NÃO SABIA ESCONDER CAVALOS
Torre inversa (ainda, poesia)
Joaquim Antonio Pereira Sobrinho
A INFÂNCIA DOS DIAS
O médico das palavras
o ritmo interior
MARIA CECÍLIA GOMES DOS REIS
Fábula sobre o começo do mundo
HISTÓRIAS DA MATA VIRGEM
INSTANTE ETERNO
GUSTAVO H. SCHMITT
en_ vuelta
A PACIÊNCIA DA FRUTA
José Carlos Honório
BENJAMIN ROSS
ENTRE MARTE E A MORTE
NA ESTRADA COM A VOVÓ
Jo de Souza
a caverna
todo poema é de amor
diana junkes
asas plumas macramê
MEDIOCRIDADE
A passagem invisível
Chico Lopes
Miriam Portela
RELATO DE CORPOS SUTIS
coisas reunidas
Philadelpho Menezes
O Falcão Peregrino
FIRMINA